男の日傘

渡辺哲雄

中日新聞社

まえがき　～人生を味わう～

困ったときや行き詰まったときは、地球上に生存するすべての人間について思いを巡らせることにしています。現役を退いたお年寄りはもちろんのこと、働き盛りのお父さんも、社会に出たばかりの若者も、進路を決めかねている学生も、産声を上げたばかりの赤ん坊も、大半がこれから百年の間にこの世から消えてなくなります。お金持ちも、路上生活者も、健康な人も、病む人も、これから百年とは生きられないのです。当たり前のことですが、不思議なことのようにも思えます。今この時点で生きている人を一くくりにすれば、私たち全員が百年以内ですっかりメンバーの入れ替わる舞台の上でかけがえのない一日を演じているのです。

そこで繰り広げられる悲喜こもごもを小説という形式で切り取る作業を続けるうちに、人生は味わうものであると考えるようになりました。人生を味わう…。成功したから良くて、失敗したから悪いのではありません。良いことも悪いことも、たっぷりと味わった人生が豊かなのです。そして、たっぷりと味わうためには、結局、手を抜かずに生きることが必要になって、傍目には自分を実現するために懸命に生きている姿と変わらないのです。

味わうためにはちょっとしたコツがあります。

蝉《せみ》が鳴いたら、お、いよいよ夏だな…という気持ちをやり過ごさないで、蝉たちが生まれた七年前に思いを馳せてみるのです。すると例えば小学一年生に上がった初孫と同じ年に生まれた蝉たちであることに思い至って、うるさい鳴き声に愛しさが加わることでしょう。

地面から沸くように鳴いていた虫の音が止んで、消え入りそうなコオロギの鳴き声が聞こえて来たら、そろそろ秋も終わりだな…という感慨で終わらないで、死に遅れたコオロギの孤独に思いを馳せてみるのです。すると例えば卒寿を超えて、自分より年下の知人の葬儀に参列した後はきまってふさぎ込んでいた祖父の憂鬱が理解できるでしょう。そのようにして味わったたくさんの作品の中から四十五編を選んで一冊の本が出来ました。日常のふとした出来事から広がる人生の味わいを皆様と共有できれば幸いです。

著　者

男の日傘　もくじ

本文イラスト
大平　穂波
松岡　志歩

第1章 天使の声

幸福破壊作業

例えば、出かけるのならついでに手紙をポストに入れてくれないかと頼まれたら、

「ええ？　ポストったって回り道なのよ」と答える前に考えてみなければなりません。

その依頼は断れますか？　断るつもりなら、

「ごめん、急ぐからポストには寄れないわ。悪いけど自分で入れてね」

きちんと誠意を持って断るべきだと思います。

「もう…、いいように使うんだから！」

たらたら不満を言いながらも、結局承諾するのであれば、初めから、

「いいわよ、任せてちょうだい！」

とびきりの笑顔で気持ちよく引き受けたらどうでしょう。

「ありがとう、助かるよ」

感謝する側とされる側との間に、ちょっとした幸福が生まれます。

例えば、まだ美容院終わらないから、夕飯適当に済ませてねと連絡を受けたら、

「ええ？　適当たって冷蔵庫、何もないぞ」

と答える前に考えてみなければなりません。

髪なんか途中でも帰って来いと言えますか？　言えないのなら明るい声で、

「子どもじゃないんだから、おれの飯なんか心配するな。きれいになるの楽しみだね」

と返事をしたらどうでしょう。

「あまり食べないで待っててね。お寿司《すし》でも買って帰るから一緒に食べましょう」

待たせる側と待つ側との間に、ほのぼのとした幸福が生まれます。

ビデオぐらい自分で予約していけばいいのに…。そうでなくても狭いのに、座いすなんか買っちゃって…。これ以上本が増えたらどうするの…。カネがないないって言いながらお前、温泉行くのか？

否定的な会話は幸福を破壊します。そして、日常的に繰り返されるこの種の会話は、ボディブローのように、じわっじわっとお互いの心を蝕《むしば》んでいきます。

せっかくの行為も否定的な言葉を添えたのでは、汚れた器に盛られた料理と同じです。その実、自分の日常を点検すると、何と愚かな幸福破壊作業の連続であるかを思い知らされて、改めてがくぜんとするのです。


（２００２年10月）

ネーミングの罪

キリンビールを飲みながら考えました。ウサギビールやクマビールというのがあったら変だなあ…と。イヌビールが発売されても私は買わないような気がします。なぜキリンだと違和感がないのでしょう。そう言えば象印のジャーやタイガー魔法瓶、ライオンハミガキというのもありますが、製品を思う時、既にもとの動物のイメージはありません。ゼブラというボールペンは今も健在ですし、昔はラビットという名のスクーターもありました。慣れというのは不思議なものですね。

要するに私たちの感性は、最初は違和感のあるネーミングでも、それを見聞きする度に心の平衡を失う苦痛に耐えられず、名前の持つ印象の方を修正してかえりみない、しなやかな性質を持っているのです。そして、奇妙な名前を修正する作業を通じて、商品は消費者の心に鮮やかな印象を残すのです。

ところが、名前にキリンやゾウのような視覚的イメージが伴わず、文字による情報のみを伝えるネーミングの場合は事情が違います。

名古屋高速から西に向かうと、東名阪自動車道と東名高速道路の分岐点がありますが、もとより高速で運転中に飛び込んでくる道路標識を最後まで丹念に読む時間的ゆとりはありませんから、最初の二文字程度を読んでとっさに全体を判断すると、東名阪も東名高速も区別がつきません。私はこれまでに二度ほど目的とは違う道路を選んで悔しい思いをしたことがあります。高速道路を使う時は急いでいるのです。なのに、たった一瞬の判断の誤りによって、しばらくはみすみす目的とは全く別の方向へ向かわねばならず、しかもその間の料金を取られるのです。

私が犯す失敗は他の人のものでもあるとしたら、世間には同じように苦々しい思いで一区分の料金を支払った経験のあるドライバーが必ずいるはずです。そして、やり場のない憤りをどうすることもできず、きっと私同様、心の中でこう叫んだに違いありません。

「まぎらわしいネーミングするんじゃねえ！」

（2002年11月）

自己表現と美意識

人前でお話しする機会が増えました。ステージで話をする私自身は、もちろん意識して精いっぱいの自己表現を行っているのですが、会場で聴いている参加者もまた、意識しないで自己表現を行っているのだとこのごろ強く思うようになりました。

私の話は、内容はともかく、聴く人を飽きさせないことで定評があるのですが、それでも会場に必ず一人二人は眠る人がいます。睡魔は生理現象ですから仕方がないとは思うのですが、会場が涙を流して笑ったり泣いたりしている時も無表情に講師をにらみ付けている人の存在は気になります。私から見るとその人は、大半の人と同じようには感情が揺れない人物であることを自己表現しているのです。最前列で携帯電話に出る人は、どんなに小声で会話をしても自分が無神経な人物であることを表現しています。反対に話の内容につれて鮮やかに表情を変える人は素敵です。その人はみずみずしい感受性の持ち主であることを表現しているのです。

大学の学生となると、無意識な自己表現はさらに自由です。講義終了の二十分前に入室して、教室の一番前に並べてある資料を堂々と取り、階段教室の最後列に座ったかと思うと、携帯電話が鳴って、「うん、うん、今から行く」と教室を出て行くハタチを過ぎた学生に、私は注意する気力はありません。彼女は大人の責任を持って、自分がそういう行動を取る人間であることを表現しています。私は彼女をそのような学生であると評価するしかありません。授業中に食事をとる、飲み物を飲む、スナックを食べる…。みんなわざわざ、他人との比較が容易な授業中という機会を選んで、自己表現に余念がありません。人は意識するにせよしないにせよ、常に自分の在りようをこの世に表現して生きています。表現したとおりの評価を受けることに何の不都合もないはずなのですが、無自覚な自己表現をする人に限って、受けた評価の不当性を主張して省みません。美意識とは、自分の中に表現すべき理想の自己像を持っていることなのでしょうが、講義の最中に不心得な態度を取る学生を厳しく叱責しないのは、果たして私の美意識なのか単なる臆病なのかについて、私はまだ判然としないままでいるのです。

（2002年12月）

氏神様のたたり

私は特殊な地域に住んでいます。道をはさんで二つの姓が住み分けているのです。たまたま人づてに土地を得て家を建ててみると、周囲は同じ姓の人々に囲まれていました。いえ、正確に言えば、同じ姓の人々の集落に突然私が移り住んだのです。

さて、神社信仰についてです。お灯明当番というものがあります。大きな神社の氏子のエリアが、区という行政単位と重なっていて、神社の鳥居脇の大灯篭に灯を入れる役割が、区に住むすべての世帯を輪番で回ります。表裏に世帯主の名前をびっしりと書き込んだ巨大な一枚板が隣家から回ってくると、その晩は二つの灯篭にろうそくを立て、板を次の世帯に回さねばなりません。これを宗教行事と位置付ければ、信仰の有無にかかわらず輪番で回ることとそのものに疑義がありますが、ある日、回ってきた板を見て言葉を失いました。私の名前が鋭い金属で二本線を引き、抹消してあるのです。

私だけではありません。

ほかにも数名、同様の方法で傷つけられた世帯の共通点は、別の地域から越して来た、いわゆる「よそ者」でした。おそらくは昔からこの地に住んでいる心無い住民の一人が、お前たちはこの集落の仲間ではないぞ…という意思表示をしたのでしょう。地域の代表に再三改善を求めましたが一向に修復されないまま、傷は古びて目立たなくなりましたが、事件はこの国の旧い信仰の形を鮮やかに見せ付けてくれました。地縁血縁と言いますが、神社信仰は、氏子という呼称のとおり、初めは同じ氏、つまり姓を同じくする血縁者たちの結束の証だったのです。それが、人の移動交流によって血縁よりも地縁を単位とするようになり、そこに住めば氏子として神社を維持する構成員の一人に加えられる慣習ができました。神域をひたすら清らかに保ち、五穀豊穣の祈りと禊ぎ祓いの儀式があるのみで、戒律や教義の無い神社信仰は、信仰というよりは結束の証であるからこそ、行事への不参加が顰蹙《ひんしゅく》の的になるのです。やがて祭りを観光資源と位置付けて行政が保護支援するようになると、結束の証としての性格すら薄れ去りました。「よそ者」に対して心無い仕打ちをさせたのは、旧い血縁の時代の郷愁だったのかもしれません。（2003年4月）

男と女・区別と差別

ある団体から講演依頼があって、新築間もない市役所の会議室へ出かけた時のことです。九十分のステージの前に用を足しておこうと、トイレを探すのですが見つかりません。建ったばかりの近代的な庁舎で勤務する職員は、受付嬢に至るまでトレンディードラマのようにさっそうとした身のこなしで、トイレの場所を尋ねるのは何だか場違いな雰囲気です。そこで、三十分ほど時間があるのを幸いに、先端建築物探訪を決め込んだ私は、まず透明なエレベーターに驚きました。半円形の広々とした玄関ホールの正面を職員や市民を乗せた箱がゆっくりと上下しています。しかし、箱がどこかの階に止まるやいなや、エレベーターは向こう側の景色を透かして存在を隠します。

「あれまあ、こんなところにあるがね」

透明だで分かれせなんだわ…と大声で言い交わして乗り込む二人の高齢者は、青や赤やグレーの見慣れたドアを探していたのでしょう。

私はと言えば、ようやく発見したトイレの標識を見上げてがくぜんとしました。洋式便座に腰を下ろした人の露骨な姿が灰色のシルエットで示されています。それとは別に性別は、「男・おとこ・MAN」「女・おんな・LADY」と三段書きにしたプレートで表示してありました。いよいよ男女共同参画社会基本法の効果がこんな形で現れ始めたのです。赤と青の人形《ひとがた》で男女の区別とトイレの存在を一度に教えてくれていた従来の標識は、自治体の男女共同参画プランの中で不適切な表現の典型とされています。男は青の背広、女は赤のスカートというシルエットが、男女のイメージを固定化するという理由です。しかし、遠方からもひと目で識別できた従来の標識は便利でした。日本語も英語も分からない国からのビジターにだって簡単に判別ができました。それにしても、男女が対等な関係で社会に参画する世の中を目指す運動が、こんな形で姿を現すのは意外でした。従来の標識で構わないではないかとひそかに憤慨する私は、既に固定的なジェンダーの信奉者か、あるいはその改善に無理解な側の人間ということになるのでしょうか。

市役所の職員は、男は紺のブレザーを、女はグレーのスカートを身につけていました。公が、トイレの表示にまで気を配って男女の固定的なイメージの変革を推進するつもりであれば、男性職員が真っ赤なブレザーを着て出勤するのを歓迎しなければなりません。肉体と心の性が同一ではない男性を職員に採用したら、彼が女性のいでたちをするのを応援しなければなりません。男が女言葉を使い、女が男言葉を使うのも、固定的なジェンダーを破壊する行為としてむしろ奨励すべきです。事務室を眺めれば、部下の側に向いて仕事をしている職員の大半が男でした。受付の職員は二人とも女でした。どうやら男女の役割分担は、トイレの標識を変えた程度では容易に改まらないもののようです。

区別か差別か…。

「いやあ、あの標識ですか。実は私も不便だと思いますよ。しかしまあ、つとめて男女を区別しないという方針が国から出ると、反対意見は言えませんからね。分かるでしょう？」

この国は、男女の対等な関係以前に、全体の空気に負けないで、一人一人がしっかりと自分の意見を述べるところから変革しなければならないのではないでしょうか。

（2003年5月）

歩道橋の思想

私の通勤コースに立派な歩道橋があります。緑色に塗った鉄の階段が高々と道路をまたぎ、上ると近くの家々の屋根がはるばると見下ろせます。運動不足の私は、せめてこれくらいの運動はと、行きも帰りも歩道橋の上り下りを自分に課しているのですが、そびえるような階段を上る時には、よし、行くぞ！とばかり、ちょっとした勇気を奮い起こさないと気持ちがくじけそうになります。歩道橋の険しさは半端ではないのです。先を急ぐサラリーマンや自転車の主婦たちは、まるで北朝鮮から亡命でもするかのように、交通量の多い大通りをそわそわと横切ります。いえ、何度かは、風のように横切る幼い子どもの姿を見たことがありますし、シルバーカートを押した高齢者が黙々と足元に視線を落として横切るのを見たこともあります。考えてみると歩道橋は、急ぐ人にとってはもちろん、幼い子ども、体の不自由な人、喘息の人、車いすの人、杖の必要な人、高齢者、妊婦、重い荷物を持った人などなど、およそ弱者の側に属する人たちに対して非情なのです。その上、歩道橋の近くには横断歩道を設けてはならない決まりがあるようで、交通量の多い道路を横切ろうとすれば、歩行者は険しい鉄の階段を上るしか方法がありません。
歩道橋は雪が積もると最悪です。雪がなくても、凍った鉄板は滑ります。雨の日に傘を差して濡れた手すりにすがるのはみじめです。歩行者が苦労して渡る歩道橋の下を、たくさんの自動車が快適に走り抜けます。これは弱者に対するこの国の思想を象徴しているのではないかと思い至った時、教習所で教わった交通ルールを思い出しました。横断歩道を渡ろうとする歩行者を見たら停止する。それが運転する者のマナーです。みんながそれを守れば、非情な歩道橋は必要ありません。しかし、歩道橋を批判する私自身が、車に乗ると、横断歩道で待つ歩行者を何度平然と無視したことでしょう。その総和がこの国の成熟度です。いつの世もどこの国も、国民に見合った統治が行われることを思えば、歩道橋は私たち一人一人の成熟度を象徴してそびえ立っているのです。ひょっとすると解決は、車道を地下にもぐらせるといった思いがけない方法で図られるのかもしれません。

（2003年6月）

満員電車のネズミたち

通勤時間帯の電車は込み合っていて、岐阜駅で既に座れないところへ、一宮駅でさらに大量の乗客が乗り込んだため、手垢のついた言葉は使いたくありませんが、車内は寿司詰めで立錐《りっすい》の余地もない状態でした。私は、前に立つ女性から痴漢扱いされないように両手でつり革につかまって、あの集団という生き物の放つ不快な混合臭に耐えていました。天井から定期的に冷房の風が吹いてくるたびに、少し離れた場所に立つ男性の残り少ない頭髪がふわふわとそよぐ様子を悲しく眺めていた時です。私の前の女性のさらにひとつ前に立つ背の高い若者に、突然もう一人の、背の低い若者が殴りかかりました。

左頬を音がするほどしたたかにこぶしで殴られた背の高い若者は、

「わざと踏んだんじゃねえって言ってんだろう！」

背の低い若者の胸ぐらをつかむのですが、目を血走らせた背の低い若者はそれを振り切って、今度は背の高い若者の髪の毛をつかんで力任せに揺さぶりました。

満員電車です。

周囲は凍りついたようになりました。

私はとっさに背の低い若者の手をつかみ、

「ここではやめなよ。迷惑だから」

目の前の女性の肩越しに言いました。

意を強くした周囲のサラリーマンたちがまあまあと二人を分け、若者たちは興奮冷めやらぬ顔をことさら無表情にして、少し離れた場所で別々に無言の時を過ごしました。

そのころになって私の心臓が速度を増しました。

とっさの勇気が身を潜め、いつもの臆病が戻って来てみると、勇気と見えた行動の裏に、目の前の女性を楯にした狡猾《こうかつ》な計算があったことに気がつきました。それにしても一見普通の若者が、足を踏んだ踏まない程度のことでどうして簡単にキレるのだろう…と思ったとたん、テレビで見た衝撃的な実験を思い出しました。ネズミの集団を過密状態の箱に入れてストレス状態に置くと、お互いを攻撃したり弱いものいじめをしたり自分を傷つけたりと、およそ種の保存とは反対の行動をとるのです。人間も所詮は動物です。満員電車という過度のストレスにさらされた中で、耐性の弱い個体から順に実験室のネズミ状

態になっていくとしても不思議ではありません。いえ、ひょっとすると、今や日本の国そのものが巨大な満員電車になっていて、母親によるわが子の虐待とか、理由なき若者の自殺とか、動機とは不釣り合いな残虐な殺人事件が繰り返されているのかもしれません。

列車は名古屋に着きました。

二人の若者は当然時間をずらして列車を降り、二度と顔を合わせないものと考えていた私の予想に反し、先に降りた背の高い若者は、背の低い若者が降りてくるのを待っていました。今にも取っ組み合いを始めそうな剣幕で言い争いを再開した二人を残して、列車はホームを離れました。

次の駅で降りた私の胸には、連続ドラマを途中まで見たような気がかりが今もくすぶっているのです。

（2003年8月）

人生の持ち点

高速道路で覆面パトカーに捕まってしばらくすると、これまでの小さな違反が重なったのですね、三十日間の免停処分が来ましたが、終日の講習を受講して、免停期間は一日に短縮されました。警官の説明によると、十五点あった持ち点が免停一回の前歴ペナルティーによって十点に減点されるため、これからは例えば一旦停止違反を二回、つまり四点相当の違反で再び免停処分になり、仮に前歴が二回になると、今度は持ち点が五点に減って、例えばシートベルトを着用していないところを二度見つかるだけで三度目の免停が来るのだそうです。これらの行政上のペナルティーは一年間無事故無違反で経過すれば回復するようですから、持ち点制度の考案者の思惑どおり、運転は慎重にならざるを得ません。

ところが、これが意外と危険なのです。

今朝も所用で往復一時間ほどの運転をしてきましたが、制限速度を守る私にいらついて追い越しをかけた後続車が、パッシングしながら近づいて来る対向車を避けようと、慌てて私の車の直前に割り込みました。思わずブレーキを踏んで減速すると、さらに後ろでいらいらしながら車間距離を詰めていた後続車が危うく私に追突しそうになりました。

それだけではありません。信号が黄色に変わるので減速して停止すると、黄色で止まるやつがあるかとばかり、今度は赤い乗用車が私の車を追い抜いて、怒ったようにクラクションを鳴らしながら交差点をすり抜けました。

わずか一時間のドライブで二度も危険な目に遭うのです。持ち点を気にした安全運転は、案外周囲の違反を誘う危険運転なのかもしれません。

と、目の前の道路を一人のホームレスが横切りました。長い髪、伸び放題のひげ、汚れた服に身を包んでのっそりと歩く男の姿を見た時に、私ははっとしました。彼が、持ち点を使い果たした人生のドライバーのように見えたのです。おそらく彼にも周囲と同じ十五点の持ち点を持って、意気揚々と生きていた時代があったに違いありません。ところが大きな違反をしたか、それとも小さな違反を繰り返したか、あるいは外部からの不可抗力が加わって、ある時人生の持ち点が減ったのでしょう。そうなると、萎縮すれば周囲からばかにされ、大胆に振る舞えばさらに持ち点が減って、とうとう彼の持つ人生の免許は取り消されてしまったのです。再度免許を取るための資金もチャンスも与えられないまま、水道とトイレだけは完備した公園にテントを張って、かろうじて雨露をしのぐ悲しい境遇になり果ててしまったのではないかと思うと、目の前の男が気の毒になりました。

持ち点が減ると、それまでは何でもなかったちょっとしたつまずきが思いがけないダメージになるのです。

それは健康も同じです。若さに任せて無理を重ねると、いつの間にか持ち点が少なくなった体はめっきりと抵抗力を失って、ちょっとした病気が命取りになります。ぜんそく発作に苦しみながら、この一年を慎重に暮らしてみようと思いました。窮屈でも、まずは持ち点を回復しなければなりません。物体の法則と同様、あらゆる転落には加速度がつくように思うのです。

（2003年11月）

バンパーのおてもやん

車の冬装備をする前に突然降った大雪にスリップをして、うかつにも後ろのバンパーを石垣にこすりつけてしまいました。点検すると、幸い損傷はほんのわずかで、表面の塗料がひっかいたようにはがれ、生地が黒く露出していました。おそらくそんなキズ、他人は気付きもしないでしょう。しかし私は気になってなりません。カー用品の店に行って補修用の塗料を買ってきました。チューブに入った白い塗料をヘラで塗り、付属の水ヤスリで丹念にこすって平らに平らに仕上げました…が、何ということでしょう。こすった跡が周囲の色と微妙に違います。おてもやんのほっぺたほどではありませんが、純白のバンパーがそこだけ丸く黄ばんでしまったのです。今度はそれが残念で、こんなことなら黒いひっかきキズの方がまだましだったと後悔するのですが、こんなことでバンパー一つ交換するわけにはいきません。それ以来、私の脳裏にはバンパーのおてもやんがこびりついて離れなくなりました。やがて他人の車のバンパーにまで、ねたましさの混じった視線を向けている自分に気がつくに至って、これではいけないと思いました。ふいに、新築した家の柱の節穴を秋葉神社のお札で隠す「牛ほめ」という落語を思い出しました。行きつけのディーラーに無理を言って大きめの丸いシールをバンパーに貼ってもらいました。

こうしておてもやんはすっかり隠れ、久々に私の気持ちも晴れたのですが、晴れたとたんに憑《つ》き物が落ちるように一連の経緯の滑稽さに気がつきました。ここ数日間、私は、誰にも分からないバンパーの小さなキズを気に病んで心乱れる日々を過ごしていたのです。

私たちはどうやら、強烈な自己愛が服を着て歩いている存在のようです。電車の中で頻繁に鏡を取り出して化粧を直す女性にとっては、他人が絶対に気にとめもしないまつ毛の微妙なカーブの具合がバンパーのキズなのでしょう。「われ、何を目つけとんじゃ！」とすごんでみせるこわもてのおあにいさんにとっては、他人の視線にこもるひそかな非難や敵意がバンパーのキズなのでしょう。わが子に自己愛を丸投げしてしまった母親にとっては、子どもが持ち帰る成績表の結果がバンパーのキズなのです。

自己愛は、私たちの行動にエネルギーを供給し続ける大切な燃料倉庫ですが、うっかりすると全く本質的ではないことに血道をあげてしまう不合理な危険性を秘めています。早いうちに気がついて、思い切って秋葉神社のお札を貼ってしまうのが得策のようですね。

（２００３年12月）

天使の声

何の脈絡もなく、遠い昔のことを思い出しました。息子の順平は現在二十歳で、ロボットのような動きのダンスに夢中ですが、彼がまだ五歳の夏、家族で愛知県の日間賀島に出かけたことがありました。水着になった順平に浮き輪を持たせると、彼は喜んでどんどん沖に向かって泳いで行きました。

（おやまあ、怖いものしらずめ…）

海はテトラポットで区切られて危険区域には出られないようになっているから安心です。私は砂浜に陣取って缶ビールを開けました。照りつける太陽、焼け付く砂、冷たいビール、目の前に広がる大海原…。時折、お父さ～ん！と手を振りながら、私の遺伝子を持つ少年が無邪気に遠ざかって行く様子は、夏の日差しに負けないくらい幸福な光にあふれていました。

（人生には色々なことがある。くじけるなよ。たくましく生きていけ！）

ビールを三缶空けてすっかり気分の良くなった私は、ゴロリと横になりましたが、そのとたんに突然激しい不安に襲われました。

浮き輪はスーパーで買った安物です。順平は泳げません。そして海は、大人の足さえ全く届かない深さなのです。

もしも途中で浮き輪が破れたら…。

もしも途中で空気が抜け始めたら…。

いかん！　助けねば！

私は海に飛び込みました。息子に向かって懸命に泳ぎました。アルコールが急激に血中を巡りました。やがて心臓が、そこだけ別の生き物のように、恐ろしい速さで脈を打ち始めましたが、引き返すわけにはいきません。というよりも、今となっては岸に戻るよりテトラポットに向かって進む方が近いのです。ところが順平との距離が縮まりません。理由を知って私はがくぜんとしました。何と息子は面白がって私から逃げてゆくのです。

「順平！」「順平！」

助けてくれと言おうとして、はっとしました。私は息子を助けに来たはずです。

体力が限界を迎えていました。

呼吸と鼓動と泳ぎのリズムがばらばらになり、二度三度海水を飲んで激しくむせると、シャッターが閉じるように一瞬目の前が真っ暗になりました。あと少しで手が届きそうな距離を保ったまま、順平は近づいた分だけ遠ざかっては笑っています。こうやって死ぬことがあるのだと思った時、

「順平、そっちにはクラゲがいるぞ」

ひどく冷静な口調で勝手にうそが飛び出しました。クラゲの大嫌いな順平があわてて近寄りました。私はすかさず浮き輪につかまって九死に一生を得たのでした。

今でもふと、息子が笑いながら遠ざかってゆく時の残酷な恐怖を、脈絡なく思い出します。そしてあの時、私の口を借りてクラゲがいると勝手にうそをついたのはいったい誰なのだろうと、不思議な気持ちに打たれるのです。

（２００４年１月）

立ち枯れた鉢植え

既に時効が成立している事件でしょうから、かつて私がケースワーカーとして勤務していた公立病院における、非常ににがにがしい出来事を告白します。

季節は冬…。私のもとへ、年配の男性の声で一本の電話が入りました。

「私、園芸ボランティアの会の者ですが、外来の待合スペースに飾ってある鉢植えの観葉植物が、痩せて今にも枯れそうです。おそらく日照と手入れが悪いせいでしょう。あれでは患者さんたちの元気が出ません。許してもらえれば、我々が世話をしたいと思っています。土を換えて肥料をやる作業ですが、あれぐらいの数なら三人でかかれば一日で終わるでしょう」

「それはありがとうございます。係からお返事をさせたいと思いますので連絡先をお教えください」

私は電話番号を控えて総務課へ出向きました。ざっと事情を説明し、

「で、あの観葉植物はこちらの管理ですか？」

「さあ……」

管財係ではなさそうです。

「管財係でないとすれば、こちらでしょうか？」

「……」

用度係でもありません。もちろん経理係でもなく、庶務係でもないと言われて私は途方にくれました。病院の建物の中に配置されている観葉植物の管理が総務課のどの係にも属さないというのです。

「いったい誰が責任を持っているのですか？」

私の声がわずかに怒気を帯びると、

「あれは確か患者が寄付したもので、清掃会社の職員が世話をしているんじゃなかったかなあ」

古い事情に詳しい管財係長が思い出したように言いました。

「それじゃ、病院の建物内の観葉植物が病院ではなく清掃会社の管理下にあるということですね？　清掃会社に返事をさせますよ？」

「ちょっと待ちたまえ渡辺くん。あ、庶務係長もこちらへ」

一連のやりとりを聞いていた総務課長が庶務係長に向かって思いがけないことを言いました。

「あの観葉植物な…全部処分してくれるか？」

「処分…と言いますと？」

「あんなものがあるからこういうことが起きる。処分したあとは造花でも置いてくれ」

組織という意思決定システムにあって、総務課長の言葉は命令でした。

「ボランティアへの返事は？」

「放っておこう」

いいね、と念を押して、もうこの話題は済んだと言わんばかりに総務課長は別の書類に目を落としました。

私も庶務係長も黙って引き下がるしかありませんでした。

総務課に属さない私の仕事は組織の中では終了しましたが、ことの始末に対する関心は終わりませんでした。それ以来、通るたびに外来棟の観葉植物を気にしていましたが、一向に処分されないまま月日が流れて行きます。

「おい、課長から催促されないのか？」

ある機会に庶務係長に尋ねると、

「二度、三度どうなってると聞かれたけど、処分するのもどうかと思うから、適当に返事してうっちゃってるよ。課長、今度は異動だろ」

処分するわけでもなく、世話をするわけでもなく、誰も責任を取らないまま職員が異動する…。全国で立ち枯れたたくさんのグリーンピアのニュースを聞いて、私はなぜかあの時の痩せた観葉植物を思い出したのでした。

（2004年5月）

男らしさ

仲間でマイクロバスを借りて山梨県まで一泊の研修旅行に出かけた時のことです。

運転を引き受けてくれたのは私と同じ岐阜県の郡上八幡出身で、おれの最終学歴は自動車学校だなどと豪語する愉快な男なのですが、ハンドルを握ったままで盛んにタバコを吸うのです。その煙が後ろの私たちの座席へ流れて来るのがふと気になったのでしょう。

「煙、来ますか？」と聞きました。

「これ吸ったらやめますから」

という返事を期待した私たちの耳に、信じられないような大声が飛び込んできました。

「悪いですね、我慢してくださいよ！」

あまりに思いがけない非常識な言葉を明るく返されると、さわやかな印象が残るものだということを、私はその時初めて体験しました。

「男らしい！」

思わず発した私の感嘆が全員の爆笑を誘いましたが、それ以来、男らしい！という掛け声が彼の褒め殺しの言葉になりました。

周囲の意見を聞かないで彼が独断でものごとを決めようとする時は、

「男らしい！」

と褒めれば、照れ臭そうに勢いをなくします。

彼がふざけて人の嫌がる行為を敢えてしようとする時も、

「男らしい！」

とはやし立てれば、攻守は逆転するのです。

そうは言いながら、みんな彼の「男らしさ」を愛しているような気配があります。人間関係が損なわれるのを恐れるあまり、互いに率直なもの言いを避けて、遠回しな会話に腐心する暮らしぶりに辟易している私たちは、時に無神経とも思える彼の独善や独断に、賛否とは別の分かりやすさを感じているのではないでしょうか。分かりやすさはさわやかさに通じています。してみると、男らしさはさわやかさでもあるのです。

男女共同参画の理念に照らせば、これを男らしいと称することにも当然異論が想定されますが、そんなことには頓着しないで、わかりやすい無神経ぶりを「男らしさ」と断じるところに、これまたある種の理不尽な男らしさを感じてしまいます。

そういう意味では、A市の公民館は男らしさの巣窟でした。講師の控え室に集まった自治会の役員たち八人のうち七人までがタバコを吸うのです。広くもない部屋で七本のタバコが一斉に煙になれば、ぜんそくの私ならずとも、タヌキもたまらず燻《いぶ》し出される勢いです。すごい煙ですね…とそれとなく牽制してはみましたが、男らしさには共通の反応パターンがあるようです。

「我々も税金を払うのに協力せんとのぅ！」

という反応は、

「悪いですね、我慢してくださいよ！」

という前述の彼の答えに似ています。

ロビーに出ると、そこでも一人、盛んに煙を吐き出してせっせと税金を納めていました。

男らしさも、分かりやすさだけを残して、無神経さの方を削ぎ落とせば、さわやかな紳士ができあがるのだと思います。一方で、ぜんそくですから吸わないでくださいといえない分かりにくさを抱えた私は、男らしさとは無縁の人間であることを確認したのでした。

（2004年7月）

困ったら笑う

台風の当たり年でした。

いくつもの台風が、まるでマラソンレースのように日本列島を次から次へと縦断し、深刻な爪痕を残して去って行きました。甚大な被害を受けた三重県の村では、度重なる雨で地盤がゆるんでいるところへ、またしても大型の台風に直撃されることとなり、住民たちが自主的に体育館に避難していましたが、テレビで放映されるインタビューの様子を繰り返し見るうちに、とても奇異な事実に気がつきました。マイクを向けられた若い女性が、にっこりと微笑みながら台風の恐怖を語っているのです。

「ところで今、何がご心配ですか？」

というアナウンサーの質問に、

「そうですね…。やはり、わが家がどうなっているかが気がかりですねえ」

彼女はうれしそうに笑って答えているのです。

テレビの音を消せば、

「おめでとうございます。どうですか、新婚生活は？」

と聞かれ、

「はい。彼はとてもやさしくしてくれて、思ったとおりの人でした」

はにかみながら幸せを語る新妻の様子と変わりません。

そう思って気をつけると、激しい風にあおられて、ほうきのように反転したビニール傘を片手に、電柱につかまりながらインタビューを受ける初老の女性も笑っていました。

「身内の結婚式にどうしても出席しなければならないのですが、これじゃあねえ…」

運航の目途も立たない飛行場で途方に暮れる背広姿の男性も笑っていました。

どうやら私たちは総じて、困った時には笑う民族のようです。

プラットホームに駆け込んだとたんに目の前で電車のドアが閉まった時、アメリカ人はさも悔しそうなパフォーマンスをしてみせるのに対して、日本人はにやりと笑うという有名な話がありますが、私たちの行動様式は他の国の人々のそれとは随分違っているのだと思います。

病院勤務のころ、おなかの調子が悪くて何度もトイレに通ったことがありました。部屋に戻ってしばらくすると、またしても下腹がぐるぐるごろごろしぶるように痛くなって、はす向かいのトイレに駆け込みます。廊下に人がいると、みっともない事態を悟られたくなくて、わざと鷹揚にゆっくり歩いて見せるのですが、実情はおしりをつぼめて脂汗をかいていました。

和式の便器にしゃがんでまさに「ユダヤ人と日本人」の著者（イザヤ・ベンダサン）になろうとした時です。

いきなり個室のドアが開きました。

「うわっ！」

と声を出して飛びのいたのは、ドアを開けた男性の方でした。

私はというと、開けた男性を見上げてなす術もなくニヤニヤと笑っていたのです。

それ以来私は、個室に入っていて外でちょっとでも物音がすると、反射的にドアの鍵を確かめる癖がつきました。

（２００４年10月）

罰

病院に勤務しているころは当直業務があって、救急車で運ばれる患者の保険証の確認やカルテの準備を行っていました。セスナ機の墜落事故からムカデに刺された赤ちゃんまで、たくさんの患者と出会いましたが、何と言っても悲惨なのは脳出血、脳梗塞、心臓発作の患者でした。たいていは本人に意識がないまま、良くて入院、悪ければ緊急手術になるのですが、中には救急車の中で既に死亡している患者もあって、医師は家族を納得させる儀式のように、無駄を承知で心マッサージを行っていました。わっと泣き崩れる家族と、横たわる遺体との間には、埋めようのない距離がありましたが、その様子を眺める病院スタッフとの間には、さらに深い溝を感じました。

それに比べると、腹痛やぜんそく発作の患者などは、大げさに運ばれて来る割には、一定の処置が終わると比較的元気に帰っていきますから、受け入れる側も気が楽でした。それどころか、明け方のぐっと眠りが深まったところを起こされたりすると、

「ち！　またあのぜんそく患者かよ。ここんとこ毎日じゃないか」

まさか昼間の混雑を避けて救急で受診するんじゃないだろうな・・・などとわずかに患者を憎みながら、分厚いカルテを取りに出かけたものでした。

ところがそんな私が、花粉症が高じてぜんそくになってみると、発作は決まって夜に起きるのです。特に明け方の四時近くになると、外気が急激に下がるせいでしょうか。まるで目覚まし時計のように正確に咳き込み始めます。気温の変化に過剰反応した気管支は、ありもしない異物を排除しようと大量の粘膜を分泌し、激しい咳にすっかり腫れ上がった気管支の内部は、鉛筆の芯ほども細くなって、もはや息を吸うことも吐くこともできなくなってしまいます。調子の悪いときは、こういう発作が他人の煙草の煙を吸っても起きますし、ちょっと笑った程度の刺激で始まることもあるのです。

忘年会で学生たちと飲んでいて、私の言った冗談がウケて、大笑いになりました。私も一緒に大いに笑ったのですが、笑い終わった辺りから発作が始まりました。息ができません。なのに咳が出るのです。体の中が熱くなりました。脳がパンパンに腫れ上がる感じがしました。記憶はそこで途切れています。

「先生、起きてください」

「先生、起きてください」

これくらいの酒で酔いつぶれるなんて珍しいですねと言われてわれに返りましたが、私は生まれて初めて気を失っていたのです。

あれからちょうど一年が経った昨年の暮れのことです。名古屋市内で依頼されていた夜の講演を終えるころ、既に胸の奥に喘鳴がありました。加えて嫌な悪寒がします。予定されていた会食は急遽辞退してハンドルを握りました。わが家までは高速道路を走りに走って一時間余り。発作が始まらないうちにたどり着かなければ大変なことになりそうです。

あと少し…。もう少し…。

咳を我慢してアクセルを踏み続けました。

カミさんに携帯をかけました。

「ただ今電波の届かないところにあるか、電源が入っていません」

しばらくしてもう一度かけましたが、

「ただ今電波の届かないところにあるか、電源が入っていません」

わが家に着きました。

真っ暗です。

車のドアを開けた私に、師走の冷気が襲いかかりました。

それが引き金になりました。

我慢していた咳が一つこぼれ出て、大発作に発展しました。息を吸う間もなく次の咳が出ます。悪寒でむやみに体が震えます。火の気のないわが家に転がり込んでストーブの前に屈むと、灯油が空でした。ポリ缶のある玄関先まで取って返したところが限界でした。

このままでは死ぬ…と思いました。

うずくまって震えながら、携帯電話で救急車を呼びました。屈強な三人の男たちの手で担架に乗せられて、赤色燈の回転する白いワゴン車に運び込まれる瞬間に、ぜんそく患者の分厚いカルテを思い出しました。

患者を憎んだ罰が当たったんだ…。

ひどく素直にそう思いました。

酸素をつけ、点滴につながれ、吸入をして、深夜に自宅に帰されましたが、あれを最後になぜか大きな発作は起きません。ただ心の中に「罰」という一文字が住み着いたことは確かです。そして私の胸に不遜な思いがよぎりはしないか、じっと監視しているような気がするのです。

（2005年3月）

病院こぼれ話

病院というところは病を抱えた気の毒な人ばかりが集まるのですから、本質的には深刻な場所なのですが、だからこそ、ことさら明るい話題を求めるのでしょうか、私が勤務していた時代だけでも、オフレコの面白い話がたくさんささやかれていました。

内科では風邪の症状を訴えてやって来たおじいさんが診察中に、

「それじゃ、舌を出してみましょうか」

と言われて、やにわに立ち上がり、ベルトをほどいてズボンを下げたという話がありました。舌ではなく、下を出そうとしたのです。

「これは座薬ですから気をつけて」

と言われた患者さんが、座って飲んだという話もありました。

整形外科では腰の痛いおじいさんに看護師が、

「どうぞ、ベッドに横になってください」

と言ったら、おじいさんは苦労してベッドに横になってすましています。

「あの…普通に寝てくれませんか」

と言うと、おじいちゃんはしばらく考えて、

「ああ、縦になるんですか」

と答えたというのですが、分かりますか？

膝の痛いおじいちゃんはベッドに横にならなくても診察できますから、

「どうぞかけて下さい」

と言うと、狭い診察室を駆けたという話もありました。

別の病院で長く診《み》てもらっていても症状の改善しない女性の患者さんが、本来の主治医には内緒で整形外科を受診しましたが、

「今までどこで治療を受けましたか？」

と聞かれてうそはつけず、正直に答えると、次回は紹介状と写真を持って来るよう指示されたその次回。

「あの…」

紹介状を差し出した女性はもじもじと言いよどみ、

「写真はこんなのしかありませんでした」

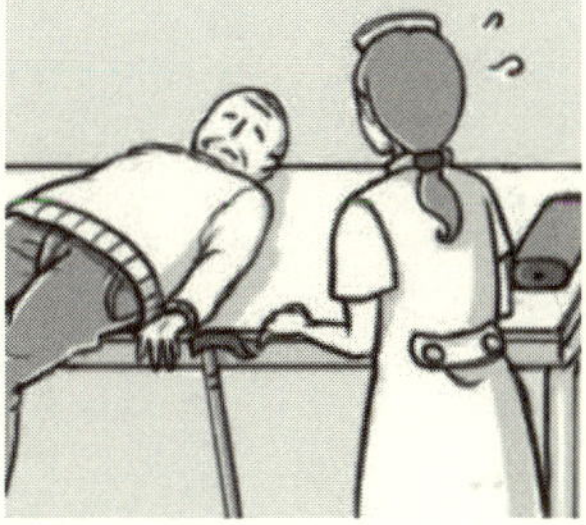

バッグから随分と若いころの顔写真を取り出したと言います。

脳外科の先生は大変行儀の悪い先生で、足を組み、いすにのけぞるような姿勢で診察をするのですが、めまいを訴えて受診した患者さんの手の震えを見るために、

「こうやってごらん」

両手を前に差し出してお手本を示すと、患者さんは同じように足を組み、のけぞって手を出しました。

手術ではベテランの医師が経験の浅い医師と組んで指導に当たりますが、患者さんの足を開かせてほしかったベテラン医師が、

「先生、足を開いてくれますか」

と指示すると、若い医師は緊張した表情で自分の足を開きました。

新しい入院患者さんに、

「おしっこはためといてくださいね」

と指示すると、蓄尿瓶だとは思わない患者さんからナースコールがあって、

「これ以上はためられません」

苦しそうな声だったそうです。

胃カメラを飲む患者さんに、朝ご飯を食べないように指示すると、パンを食べて来る人が必ずいます。絶食で臨んでも胃の中には泡がたくさんあって撮影を妨げますから、胃カメラの患者さんには泡を抑える少量の薬液を飲ませ、

「飲んだら三回転して下さい」

と指示するのですが、ある時患者さんがベッドの端に立ち上がり、でんぐり返しをしました。びっくりした看護師に、

「三回転は難しい」

患者さんは真剣な顔でそう言ったそうです。

廊下で道に迷っているお婆さんに、

「どうしましたか？」

と声をかけると、

「キューリ…キューリ…キューリステションに来るように言われたのですが」

ナースステーションのことでした。

病院は不安と緊張のるつぼです。人間は不安や緊張があると平常心ではいられないものですから、病院にはまだまだたくさんのこぼれ話があるでしょう。しかし、病む人が繰り

広げる滑稽な失敗談は、自分自身の運命も重ねて、どこかに悲しい響きが残るような気がします。

（2005年7月）

第2章

背中のかばん

色々な笑い声

小説を書いていると、登場人物が笑うところを表現しなければならない場面がありますが、笑い声は「はひふへほ」と、あと一つ、「く」でできていて、それぞれ使い方が決まっているように思います。

「おい、芳雄は今日も公園か？」

「あの子、一人だけ逆上がりができないのがよっぽど悔しいのよ。毎日練習に行くわ」

「いい加減にやめさせたらどうだ。逆上がりなんかできなくったって生きていける。お前、大人になって逆上がりしたことあるか？」

「ばかね、悔しさが問題なのよ。あなただって田中さんが先に係長になった時、しばらくは悔しがって、お酒が増えたじゃない。大人になると、悔しいことが変わっていくだけよ」

「田中の話はするな」

と言っているところへ、

「できた、できた、逆上がり、できた、できたよ！」

飛び込んで来た芳雄を抱き上げて、

「そうか！　やったな！　芳雄、偉いぞ！」

と笑う時は、どうしても、「ははは！」でなくてはなりません。

妻が同窓会に出かけて行った留守に壁をゴキブリが這って、勤続二十年表彰の額の裏に隠れました。慌てて殺虫剤をかけたのですがゴキブリは出てきません。スプレーを取りに行ったわずかな隙に逃げたのでしょうか。恐る恐る額縁を持ち上げると、ゴキブリの代わりにバサッと封筒が落ちてほこりが舞いました。中には古い一万円札が八枚入っています。妻は、こんなところにへそくりを隠したまま忘れているのです。

「ばかめ、元はと言えばおれのカネだ」

封筒を、書棚の奥の古語辞典の間に隠しながら夫が漏らす笑い声は、「ひひひ…」でなくてはなりません。

ところが翌日、

「母さん、ひねもすってどういう意味？」

高校生の一人娘に聞かれて、

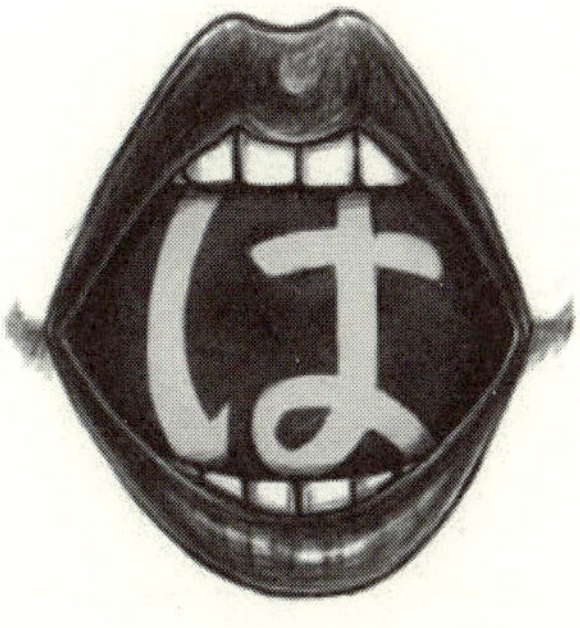

「ちょっと待ってね、確かお父さんの書棚に古語辞典があったわよ」

取り出した分厚い辞書の間に同じ封筒を発見し、

「こんなところにへそくりしたりして…。ばかね、忘れているんだわ」

しめしめと財布に入れる時の妻の笑い声は、「ふふふ…」でなくてはならないのです。


札幌に転勤が決まりました。

「おれ、三年も離れて暮らせないよ」

「だったら転勤を断ってよ。私にだって仕事があるわ」

結局、私より会社を選ぶんじゃない…と涙ぐんだ洋子とは、あれ以来連絡を取っていません。どうして女は比べようもないものを比べて男を責めるのでしょう。会社で順調に成績を上げるのが、二人の幸せの基礎なのだということが、洋子には分からないのでしょうか。

夜のコンビニで、おでんとおにぎりを買いました。最近、妙に温かいものばかり食べたくなります。アパートの鉄の階段を上がろうとしてドキッとしました。

まばたきする蛍光灯の明かりの下にうずくまっていた人影が顔を上げました。

「洋子！」

「私、来ちゃった」

いたずらっぽくに肩をすぼめる洋子の笑いは、「へへへ…」でなくてはなりません。


玉の輿だなんてうかれてちゃだめだよ、釣り合いを無視した結婚は一緒になってからが大変なんだから…という叔母の忠告を、和代はひがみだと思っていました。親の反対を押し切って、板金塗装の職人とできちゃった婚をした姪《めい》の勇気を羨ましいと思う一方で、三年越しで交際していた恋人と別れて、友人の紹介で知り合った中堅会社の御曹司との結婚を決めた自分の生き方は賢明だったと思っていました。一時の情熱に従って、あとはそれが無残に冷えてゆく日々を過ごすより、一時の情熱は押さえ込んでも、経済的、社会的に安定した環境に身を置く方がしあわせに違いありません。

「結婚生活は恋の延長じゃなくて、冷静な現実処理よ」

と、したり顔の和代は、やがて叔母の忠告を思い知るようになります。

会社の付き合いで同席する高級な料亭、お茶席、絵画の展覧会…。知識と人脈が透けて見えるように工夫された会話に和代はついていけないのです。そして、招待されて取引先の社長夫人たち数人とオペラを見た後の喫茶店で、「和代さんはプッチーニなどはお好きかしら？」と一人に尋ねられて、「私、ショコラドムースが好きです」と答えた時、

「あら、やっぱり若い人はオペラよりケーキですわね」

あきれたように顔を見合わせながら笑う着飾った女性たちの笑い声は、「ほほほ…」でなくてはならないのです。

最後は「くくく…」ですが、これは押し殺しても漏れてしまう陽気な笑いです。

食卓に準備されたすき焼きを見て、

「何だ、ごちそうじゃないか」いぶかる裕介に取り合わず、

「着替えたら子どもたちに声をかけてね。みんな待ってたんだから」

久子は卓上コンロに火をつけました。

「真由美、和樹、ご飯だぞ」

「はあい！」

二人は裕介に続いて階段を下りて来ますが、食卓には付かず、後ろ手に何か隠してにやにやと立っています。

「二人ともどうしたんだ、すき焼きだぞ、早く席につけ」

お前たち、後ろに何を隠してるんだと聞かれた二人は、「くくく…」と笑い、

「せ〜の」と目くばせをして、

「お父さん、誕生日おめでとう！」

クラッカーを鳴らして大声を張り上げました。

手がけていたプロジェクトが競争会社に先を越され、失意の底にいる父親を励まそうという子どもたちの意図に思い当たると、裕介は慌てて鍋をのぞき込み、

「よし、肉だ肉だ、たくさん食べて元気出せよ」

湯気でメガネを曇らせるのでした。

日本語って面白いですね。


（2005年10月）

背中のかばん

土曜日の朝だというのに、電車は混んでいて、乗客はみんな棒のように身動きできないまま吊り革につかまっていました。

駅で止まるたびにドア付近の乗客の一部がもみ合うように入れ替わり、後ろに二十代の若者が立った時から、私は背中に不快感を覚え始めました。何やら人間の体とは異なる固い物が背骨を圧迫するのです。

窮屈な姿勢で後ろを振り返ると、原因は若者が肩からかけているかばんでした。

わずかに体をよじって背骨を外すと、かばんはわき腹に当たります。さらに位置をずらすと、またしても背骨に当たります。ようやく少し落ち着いたかと思うと電車が揺れて、今度はかばんの方が移動するのです。

（くそっ、非常識なやつめ！）

私は体の向きを変えて若者をにらみつけました。

若者は私の迷惑などには全く無関心な顔で吊り革を握っています。

「君、悪いけどかばん足元に置いてくれないかなあ」

こんな正当な一言を、私は喉元で持て余していました。

いつだってそうなのです。

プラットホームであぐらをかいてパラパラを踊る女子高生を見た時も注意ができませんでした。車内で傍若無人に携帯電話をかける青年からも苦々しく遠ざかりました。通路に長々と投げ出した若者のジーンズの足を遠巻きに通り過ぎようとして、うっかりスニーカーにつまずいた時などは、

「君、足投げ出してたら迷惑だろ」

と言う代わりに、

「あ、どうもすみません」

謝った記憶さえあるのです。

こうなると、かばんが体に当たる不快感よりも、それを言えない自分のふがいなさの方が不愉快になります。

勇気を出して注意をする。関係ねえだろ、おっさん…とすごまれる。関係なくないだろう、迷惑してるんだと、こちらはもう引き下がれない。うぜえんだよと殴りかかる相手か

ら身を守ろうとしてかえってけがをさせてしまった場合、

「法的にはどうなりますか？」

と知り合いの弁護士に尋ねたことがあります。

「正当防衛の範囲は限定的ですからね、理由はともかく、少なくとも自分より相手の被害の方が大きければ、傷害罪が成立するでしょうね」

「…と言うことは、注意した相手が向かってきたら逃げるしかないということですか？」

「うん…まあ、その方が賢明ですかね」

「ちょっと待ってください。それじゃこの国の法律は、日常レベルの非常識に対して見て見ぬふりを奨励しているようなものじゃないですか」

矛先の狂った私の憤りに戸惑って、

「日本は法治国家ですからね」

弁護士は視線をそらせましたが、だから注意一つできないというのは言い訳だということを自分が一番よく知っています。法律など関係ない場面で、例えば、君、授業中ずっと寝ているのなら欠席扱いにするぞ…の一言が言えません。前を行く人に、くわえ煙草はやめてください…が言えません。喫茶店の隣の席の主婦たちに、もう少し静かに話してください・・・が言えません。

要するに臆病なのです。

人ととげとげしい関係になるのが怖いのです。

向きを変えたせいで、若者のかばんは電車の揺れに合わせて私の腹部を圧迫していました。腹部よりは背中に当たる方がましとばかり、再び向きを変えようとした時です。

「ちょっと、動かないでくれますか！　迷惑ですから」

隣の若い女性が険しい声で言いました。

「いえ、この人のかばんが体に当たって痛いものですから…」

という言い訳すらできず、

「どうもすみません」

私は、わき腹に当たるかばん以上に固いものを胸に抱えたまま吊り革を握りしめました。日本再生計画という大きな赤い文字ばかりが目立つ週刊誌の車内広告がクーラーの風に揺れていました。


（２００５年10月）

「こちら、ランチになります」

天網恢恢《てんもうかいかい》ではありませんが、世の中が高度に情報化すると、人間社会にも天網同様の情報ネットが張り巡らされて、昔なら闇に潜伏したまま決して明るみに出ることのなかった悪事が漏れるようになったのでしょう。背広姿の責任者が、大勢の新聞記者たちのたくフラッシュの中で、深々と陳謝する姿を目にする機会が増えました。

頭を下げる時の台詞《せりふ》は決まっています。

「誠に申し訳ありませんでした」

しかし、どうしてこれが過去形なのでしょう。

悪事を暴かれて謝っているのですから、申し訳ありません…でいいはずなのに、押しなべて過去形なのです。申し訳ありませんでした…と、申し訳ありません…は、一体どこが違うのだろうと気になっていましたが、こんなふうに考えて納得がいきました。

「申し訳ありません」

と現在形で謝罪すると、

「申し訳ないで済むと思ってんのか、責任とれ、ばかやろう！」

と事態は渦中の生々しさで継続しますが、

「申し訳ありませんでした」

と過去形にすれば、事件は既に一定の決着を見て、あとは裁きを待つばかりです。

「そうか、反省してるんだな…まあ、誰にでも間違いはある。しっかりやれよ」

と許してもらえそうな期待が謝罪する側の無意識に存在するのではないでしょうか。

そう思って考えてみると、過去形にすることによって事態に直面するバツの悪さを微妙に回避しようとする表現に思い当たります。

空いている席に客を案内したウエーターは、

「こちら禁煙席となっておりますが、よろしかったでしょうか？」

などと言いますし、料理をすべて出し終わると、

「以上でご注文の品はすべてでございますが、間違いなかったでしょうか？」

と過去形です。

過去形にすることによって当事者の間には、過ぎ去った出来事をはさんで冷静に向かい合う関係が、紙一重程度の危うさで成立するのです。

事態に直面する緊張を回避する方法はほかにもあります。

「こちらランチになります」

と言えば、ランチです…と断定するのに比べると、微妙に当事者ではありません。

(ねえねえ、注文のランチ持ってきたけどさあ、メニューの写真と比べて若干見劣りがするかもしんないけど、これがこの店のランチなんだからよ。いいかい? おれはランチが出来上がったといわれて運んできただけで、責任持ってる立場じゃないよ。そこんとこよろしく)

という気分を感じます。

「七百八十円になります」

と言えば、七百八十円です…と言うのに比べると、やはり微妙に他人事です。

(いや、レジを打ったらさあ、七百八十円になったわけよ。嘘じゃないよ、お客さんも見てただろ? あんたの買った商品のバーコードをよ、おれはピッピッてこのガラスの窓にかざしただけだから。正確かどうか…。でも正確だと思うよ、機械だからさ。間違ってたりしたら後で遠慮なく言ってよ。とりあえず、七百八十円になったから、ね? 払ってよ)

という気分を感じます。

過去形でもなく、「なります」でもなく、もっと格調高く事態への直面を回避しようとすれば、漢字の熟語を使うという高度なテクニックがあります。

「心底から遺憾の意を表する次第であります」

というのは、言い換えれば、

「ほんと、気の毒だったねえ。おれ、心からそう思うよ」

という意味ですが、これでは、

「気の毒？　関係ねえような言い方するんじゃねえよ。おめえだって大臣なんだから、こんな結果になったことについちゃあ、責任があんだろうよ」

と反発されそうですが、誠に遺憾に存じます…とふんぞり返られると、何だか言われた側が恐縮してしまうのです。

「当時の事実関係については記憶にありません」

というのも、言い換えれば、

「ごめん、一生懸命思い出そうとするんだけどよ、何にも覚えてねんだよ、その时のこと」

という意味ですが、これでは、

「ばかやろう、一億円ものカネ受け取っておいて、忘れるやつがどこにいる？　知らぬ存ぜぬで通るほど世間さまは甘かねんだ。本当のことを言え！」

と詰め寄られそうですが、漢字の熟語を並べれば、記憶にないのかあ…うん、ないものはしょうがねえよなあ…とこうなるか、追求する側の言葉も同じように漢字熟語の羅列になって、

「記憶にないなどという不誠実な回答では承伏致しかねます。ぜひとも誠意あるご答弁を願います」

となって、どうですか？　所期の目的通り、感情むき出しの事態からは、はるかに遠ざかったでしょう？

「魔が差したっつうの？　犯罪を取り締まる側が、こんな悪いことしてしまってよ、ほんと、二度とこんなことさせねえから、勘弁してくれよ、この通りだ」は、

「警察内部から逮捕者を出すなどという失態につきましては、再発防止に向けて粉骨砕身の努力をもって謝罪に代える所存であります」となり、

「だって、こんなに雨降るなんて思わないもの、だろ？　けど、あいつが悪い、こいつが

悪いって言ってみたって、水に浸かっちまったもなあ仕方がねえ。な？　な？　できるだけ早く何とかする。何とかするからよ、我慢するんだぞ」は、

「当初の予想を凌駕する雨量が原因とは言え、甚大なる被害を招来した結果につきましては、可及的速やかに対策を講じることと決しました」となります。

そして、漢字熟語を縦横に駆使する高度な技術に守られて、終始ふんぞり返ったまま恥じることのない職業の人々によって、国家という我々の暮らしの基礎が運営されているような気がしてならないのです。


（２００５年10月）

老化百景

五十を過ぎると体が油っぽくなるのでしょうか。まぶたの脂肪がまつ毛を伝い、最近眼鏡が汚れます。ハンカチで拭うのですが、油汚れは容易にはとれません。そういえば確かメガネクリーナーがあったと思いつき、机のひきだしから小ぶりのスプレー缶を取り出して、レンズの両面に吹きつけました。ところがティッシュで拭いても拭いても、汚れは落ちるどころかレンズは曇りを増すのです。よく見ると、クリーナーと思ったのはヘアスプレーでした。

仲間と温泉のホテルで一泊した朝のことです。同室の友人が洗面している間にシャワーを浴びた私は、友人と交代して洗面所を使いました。前夜したたかに飲んで寝る前に使用した歯ブラシに、傍らのチューブを絞って歯を磨きましたが、妙な味がして泡が立ちません。ん？といぶかりながらチューブを確かめると、それは友人が使った髭《ひげ》そりクリームでした。

夕食が早かったので小腹が空きました。ふと見ると戸棚にカップラーメンがありました。早速蓋を取り、パックの具を麺の上に空け、ついでに粉スープのパックを切っておいて、ポットの熱湯を麺に注ぎました。四分間をじれながら待って液体スープを入れ、粉末スープを開けようと勢いよくパックを持ち上げると、台所一面に薄茶色の粉が飛び散りました。パックを開けたのを忘れていたのです。

トイレに入ろうとすると、電灯のスイッチが赤く点灯していました。

「ばか、つけっ放しにしやがって…」

おれはケチじゃないが無駄は嫌いだ…とばかりスイッチを切って入ると、当然なことながら中は真っ暗でした。慌てて飛び出して再びスイッチを入れながら私は何をやってるんだろうと思いました。

仕事柄、たくさんの人に出会って一日を過ごします。

今日も充実していたな…と満足を感じながら、風呂に入ろうと脱いだズボンの後ろに、片仮名でワタナベと書いたクリーニングのピンクの紙片が付いていました。誰ひとり教えてくれる人はいなかったのかと思うと、充実していたはずの一日は突然変質して、にわかに人間が信じられなくなりました。

教科書棒読みの講義は手抜きだと思いますから授業ではたくさんのレジュメを配布する

のですが、次回慌てないようにと前もって印刷しておいた資料を当日再び印刷し、メモ用紙の山ができました。裏は白いからメモの欲しい学生は取りに来るように言いましたが、希望者はないまま今に至っています。

ふらりと本屋に入りましたが、おびただしい書籍の量に圧倒されるだけで、気に入る本にはなかなか巡り合えません…と、面白そうな一冊が目に留まりました。購入し、読み終えて書棚にしまおうとすると、同じ本が二冊ありました。

手帳に「山田さん　10：00」というメモが記してありました。確かに私の筆跡ですが、全く記憶にありません。十時に山田という人が来るのやら、私がどこかに出向くのやら分からないまま死刑の執行を待つような気分の私に、十時きっかりに山田と名乗る男性から講演日程の打ち合わせの電話がありました。

私には朝入浴する習慣があります。いつものように風呂から上がり、食事を済ませて駅まで歩いたら、目当ての電車まで一分ありました。それだけあれば小用は足せるという予測でトイレに入った私はキツネにつままれたような気分になりました。穴がありません。パンツを後ろ前に履いていたのです。個室に飛び込んで履きなおすのは惨めで滑稽でした。目当ての電車は行ってしまいました。

車に乗り込んで、携帯電話を忘れたことに気がつきました。家に取って返して探すのですが見当たりません。しかし必ず部屋のどこかにあるはずです。そうだ！　鳴らしてみればいいんだと、ポケットをまさぐって携帯電話を探している自分に気がついた時は、愚かさにがくぜんとしました。本棚の隅にあった携帯を手に再び車に乗り込むと、今度はカバンを忘れていました。

あと一分で発車する電車に間に合おうと、足もツレとばかりに駅の階段を駆け上がり、ドアが閉まる寸前に飛び乗りました。つり革につかまって肩で息をしながら動悸が治まるのを待ちましたが、車内の気配が異常です。見ると、目の前のドアに大きな文字で『女性専用車両』と張り紙がしてありました。女性ばかりの満員電車で身動きもできないまま、私は生まれて初めて女に変身したいと心から思いました。

こんな失態が最近とみに増えました。年をとったのです。

（２００５年12月）

飛び道具とは卑怯なり

『三匹の侍』という古い時代劇をビデオで見ました。百姓と役人の抗争に巻き込まれた三人の浪人たちが悪家老一派を懲らしめるという、典型的な勧善懲悪ストーリーで、丹波哲郎、平幹二朗、長門勇という個性派俳優の演技が光っていましたが、小屋に立てこもる三匹を役人の鉄砲が狙うシーンで、突然古典的な台詞が頭に浮かびました。

「飛び道具とは卑怯《ひきょう》なり！」

聞かなくなって久しい台詞ですが、飛び道具が卑怯な時代があったのですね。

しかし、どうして飛び道具が卑怯なのでしょう。飛び道具が卑怯だとすれば、近代の戦争はすべて卑怯ではありませんか。ところが、三匹を鉄砲で狙う役人を、私は確かに「卑怯」だと思ったのです。

理由を考えてみました。

剣と剣であれば、鍛え上げた腕前を存分に発揮して互いに切り結び、気力や時の運も含めた、実力の差によって勝負が決まります。勝つ側も負ける側も、結果には納得するしかありません。しかし飛び道具が相手では、技術も気力も運も、何の役にも立ちません。飛び道具を持っているという事実が勝敗を決めるのです。それに飛び道具は相手と向き合う必要がありません。むしろ相手の気が付かない場所に潜んで引き金を引く方が、たやすく目的を達することができます。つまり相手と向き合わず、対等ではない条件の下で雌雄を決することを恥じない心根を称して「卑怯」というのだと思い至った時、現代の病理が見えてきました。

文明の進歩は分業化を伴います。分業化は人と人が直接向き合う関係を容赦なく分断します。直接向き合わない関係に慣れてしまえば、互いに相手の気が付かない場所から引き金を引くことが平気になって、卑怯な振る舞いが日常化します。

例えば、直接消費者と向き合わない農家は、市場に出荷する生産物については安全性より商品価値を優先しますが、

「うちで食べる分は安全だよ。農薬を使わないからね」

などと胸を張って言われてしまうと、そこには卑怯な匂いがします。

広くもない事務所なのに直接言葉を交わすのを避け、

「最近駐車マナーの悪い車があります。白線の内側に入れるようにしてください」

などとメールで伝えられるのも、どこか飛び道具で不意打ちを食ったような感じがします。

担任の不都合を教育委員会に匿名で訴えるのも、交通事故の処理を保険屋さん任せにして知らん顔するのも、パソコンにいかがわしいメールを送りつけて法外な請求を行うのも、株価を操作して有利に売り抜けるのも、耐震設計を偽装して危険な建物を売りつけるのも、同じ卑怯の匂いがするのです。

その結果現代人は、遠くから飛び道具で相手を狙う狙撃者のような心根になりました。

技を磨き、精神を鍛え、胸を張り、

「我こそは○○なるぞ！」

と名乗りを上げて対等に相手と向き合う武士の誇り高さからははるかに遠ざかりました。

「飛び道具とは卑怯なり！」

どうですか？

ここまで考えてくると、この台詞《せりふ》は、戦いの場面を越えて大切なことを訴えかけているような気がしませんか？

「よいか！　堂々たる人生の手応えは、情報を操作しながら上手に立ち回ることなどではなく、身近な人ときちんと向き合うところから得られるものなのだ」

狙撃者を蹴散らし、悪家老を懲らしめて、ゆったりと引き上げて行く三匹の侍の背中からは、そんな台詞が聞こえてくるようでした。

（2006年1月）

早いもん勝ち

夜の学校の教員という仕事柄、夜桜見物は無理なので、せめて昼休みのお花見と洒落《しゃれ》こんで、同僚と二人で平日の鶴舞公園に出かけていくと、花は見事に咲いて、中空に巨大なピンクの屋根を形成していましたが、地面は隙間がないほどビニールシートが敷き詰められて、青い海原と化していました。

「すごいなあ！　びっしりだぞ。にぎわうんだろうな」

出店でイカ焼きを奮発し、さあどこかに落ち着こうとして、はたと気が付きました。花の下に座る場所がありません。いえ、腰を下ろすスペースは広々と存在するのですが、敷き詰められたビニールシートが無言の占有権を主張しているのです。

私たちはためらいました。

わずかな時間とあなどって、うかつにシートの上に陣取れば、どこからか怖い顔の持ち主が現れて、

「おい、あんたら、誰に断ってわしらのシートに座っとるんや！」

と、怒鳴られるかもしれません。もちろん、「公園はみんなの場所ですよ。ビニールシートを敷けばあなたのものになるってもんじゃないでしょう！」

という理屈は成り立つような気がしますが、こうびっしりとシートが敷き詰められて公園の私物化が横行していては、理屈より事実の方が勝ります。それに、そもそも他人の非難におびえながらイカ焼きを食べるなどという緊張は、どう考えてものんびりとした花見の気分とは相いれません。

とは言っても、背広を着た大のおとなが、立ってイカ焼きを食べる図もいただけませんから、私たちは花の下をうろうろしたあげく、つつましく敷いてある小さなゴザを見つけて、その隅でささやかな花見を済ませました。小さなゴザなら持ち主も善良な小市民に違いないと思うのも何だかセコい判断です。

それにしても占有とはいったいどういうことなのでしょうか。

イカを食べながら考えました。

子どもの運動会では朝早くからグランドにビニールシートを敷いて場所取りをしました。娘の学芸会ではステージの前の席を取るために、ゴザを小脇に体育館に急ぎました。

息子の耳鼻科は診察時間より一時間以上も前から長い患者の列に並びました。花火大会も、野外コンサートも、神社のもち投げ大会も、先を争って少しでもいい場所を目指しました。

ルールがない領域では早いもん勝ちがルールなのです。

そういえば私が勤務する学校のクラスは席が決まっている訳ではありませんが、早く来た学生から順に好みの場所に陣取ると、翌日からその席には犯し難い占有権が発生して、席はいつの間にか固定してしまいます。

早々と後ろの座席を取る学生がいるかと思えば、必ず一番前に座って教員をにらみつける学生がいます。気が付いたら後ろの席しか残っていなかったのを嘆く学生がいるかと思うと、やむを得ず一番前で恥ずかしそうに目を伏せる学生がいます。そして、たかがどの席に座るかという小さな出来事ではありますが、早いもん勝ちのルールの中で、一人一人の学生の運命に属する何事かが確実に動き始めた感じがしてならないのです。

（２００６年４月）

顔の祟《たた》り

不思議な出来事を思い出しました。

中学何年生の時のことかは忘れてしまいましたが、突然私は人間の顔を彫刻したくなったのです。

一人っ子ですから、一緒に遊ぶ兄弟とてなく、小さいころから、近所の指物屋で手に入れる木っ端を加工して、船を作ったり、飛行機をこしらえたり、トンカチとノコギリを使った工作の大好きな子どもではありましたが、彫刻刀で人間の顔を彫りたいなどとは考えたこともありません。それが、何かに取りつかれたみたいに、彫りたい顔が浮かんで消えないのです。私が彫りたいというのではなく、まるで顔の方がこの世に生まれたがっているような感じなのです。

指物屋の仕事場から一本の角柱を拾って来ました。

かまどの前で、一心不乱に彫刻刀を振るいました。

やがて角柱の端に人間の顔が現れましたが、それは想像とは似ても似つかぬ醜い男の顔でした。

夢から覚めるように我に返った私は、どういう訳か、その顔を二度と見たくなくて、視界から遠ざけたまま忘れてしまいましたが、それからしばらくして、わが家に悪いことが起き始めたのです。

珍しく祖母が風邪を引きました。

回復しないうちに祖父が自転車で転倒して、頭に何針か縫う大けがをしました。

母の指にとげが刺さり、刺さった部位が化膿しました。

そんな事が相次いで起きて、どれもぐずぐずと回復しないのです。

祖父の始めた零細な印刷業に、夫と離別した母と親戚の叔父さんが従業員として加わって細々と生計を立てていたわが家は、一家の大黒柱がけがをし、指の痛い母は思うように活字を拾えず、家事全般は、祖母が寝ているために、にわかに滞りました。

家に一人でも病人がいると気分が沈むものですが、その時は、私の周囲の大人たちのすべてが体に不調を来たしたのですから、わが家は絶望的な雰囲気に支配されました。ため息ばかりで、誰も満足に口を利きません。

(何かの祟《たた》りではないか…)

などと考える傾向を全く持たない家族でしたが、私は背筋が寒くなりました。

私は例の顔の彫刻を探しました。

顔は書棚の片隅で天井の一点を睨んでいました。

私は顔を持って外へ出ました。

激しい雨が降っていました。

増水した川に、私は顔を投げ捨てました。

顔は揺れながらあっという間に流れ去りました。

それから家族は嘘のように次々と体調を回復したのです。

今日まで私はその事実を家族に話したことはありません。何をばかな…と笑われるのも心外ですし、お前のせいだったのか…と思われるのも困ります。

しかし、たった一つ後悔していることがあります。それはあの顔を焼かなかったことです。時折、どこかに流れ着いた顔を子どもが拾って、無邪気に家に持ち帰る恐ろしい夢を見るのです。


（２００６年６月）

鯉の餌

ゴールデンウイークだから、浮かれた人々はどこか気の利いた場所へ出かけてしまったのでしょう。町の公園に若い人の姿はなく、孫を連れたお年より夫婦ばかりを見かけましたが、中に、おばあさんと息子と孫の三人連れなどと出会うと、見る側の想像のスイッチが入り、

(ははん、嫁が出て行ったんだな。それで孫を遊ばせようと、ばあさんも一緒に公園にやって来た。そう言えばキツそうな顔をしたばあさんだ。息子は人が良さそうで、こりゃあ原因は、ばあさんが嫁につらく当たるのを、一向にかばおうとしない息子に嫁が腹を立て…)

と、そんな筋書きが心に浮かんだとたんに、前を行く三人の後ろ姿にふっと薄幸な影が射すのですが、

(待てよ。そういう事情なら嫁は子どもを連れて出るだろう。見れば子どもはようやく三歳だ…ってことは、そうか、出産だ！　嫁は次の子どもを産むんだな？ということは、あ

の子はお姉ちゃんになるって訳か。弟かな？　妹かな？）

と、筋書きが変わるだけで、手をつなぐ三人の足取りまでが、ひどく軽やかに見えて来るから不思議です。

池のほとりの別々の場所に、どちらも三歳くらいの男の子と女の子が、鯉の餌の入った紙コップを手に、しゃがんでいました。水面には色とりどりの鯉が口を開けて群れていました。ほら、餌をあげなさいと傍らのじいさんばあさんに促されて、男の子は一粒ずつ投げるのに対して、女の子はわしづかみにした餌を勢いよくまきました。わずか三歳で、こんなところにくっきりと性格の違いが現れているのです。こういう性格は案外その人間の生涯を貫いて、あるいは倹約で財を成したかと思うと慎重に過ぎてチャンスを逃がし、あるいは思い切った投資で成功を収めるかと思うと浪費で身を滅ぼしたりするのでしょう。無邪気な三歳児たちは、それぞれに癖のあるスクリューを与えられて人生という海原に船を出したばかりです。しかし、荒波にどう舵を切るかはスクリューのせいにはできません。自分に与えられたスクリューの癖を知って、波が来る度に舵を切るのは自分自身の意志なのです。舵を切り舵を切りしたあげく、チャンスを逃そうが身を滅ぼそうが、それは自分で引き受けていくしかありません。できれば無理をせず、身の丈に合った舵取りをしてほしい…。人生の幸せは法外な出世や栄達にあるのではなく、身の丈に合った舵取りをする手ごたえの中に存在していることを、ジジババは既に知っています。だからこそ、孫という未熟な水夫に注がれるジジババの目は、やさしくも哀《かな》しい光を宿しているのです。

ベンチに眼鏡をかけた小さなおばあさんが座っていました。膝の上に新聞紙でくるんだ一本のカーネーションが乗っていました。スカートと同じ生地でこしらえた洒落た頭巾が目に止まり、

「頭巾、ご自分で作られたのですか？」

声をかけると、

「はい？」

こちらへ傾けた耳に補聴器がありました。

もう一度質問を重ねると、

「これは随分前に作ったものです」

おばあさんは笑って答えたあとで、雄弁に自分の身の上を語り始めました。

「私はあなた、独居、貧困、障害の三重苦なのですよ。今日も午前中は障害者のデイケアに出かけてきました。高齢者の集まりとは違って、障害者のデイケアは、お子さんから私

のような年齢の者まで参加しますから、そりゃあ楽しいですよ。何でも同じ種類の者ばかり集めてはだめですね。このカーネーションも、そこでいただいた一足早い母の日のプレゼントです。え？ 私の子どもですか？ これがあなた、思うように行きません。長男の嫁はうつ病で、私は昨年定年退職した息子の方が先に参ってしまわないかと心配しています。次男の嫁は姑と関わらないことを条件に嫁いだ人ですし、三男の住んでいるのはマンションの四階で、ここがエレベーターの止まらない階なのです。しかし、耳は不自由でも私は目が見えるから幸せだと思っているのですよ。目が見えるおかげで食事も自分で作れますし、どこへでも出かけていきます。年寄りは行くところがないとすぐだめになりますからねえ…。これから帰ってカーネーションを花びんに飾ったら、喪服に着替えてご近所のお葬式です。忙しくしています。歳ですか？ 私の？」

もういつ死んでも構わないのだと前置きして、大正二年の九十二歳ですよ…と言い残して立ち上がったおばあさんの足は、外側に湾曲していました。このおばあさんは、三歳のころ、どんなふうに鯉に餌をやる子どもだったのでしょう。九十二年間、舵を切り舵を切りして、耳が不自由だけど目が見えるから私は幸せだと言い放った時、おばあさんはまた一つ自分の意志でしっかりと幸せの方向へ舵を切ったのです。

（2006年4月）

テレビがなかったころ

テレビのない時代のことを思い出してみました。夜はいったい何をして過ごしていたのでしょう。

まずは家族で「取り将棋」というゲームをしたことを覚えています。将棋の駒の入った箱を勢いよくこたつ板の上に伏せて、そっと箱を取り除くと、駒の山ができます。参加者たちは、順番に人差し指で将棋の駒をスライドさせ、音をさせないで首尾よく手元まで運び終えた数を競うという単純なルールでしたが、

「あ！　今、音がした！」

「してない、してない、しなかったよね？」

「いや、カチッと小さな音が聞こえたぞ」

思えば、メンバーの主観的な多数決を大らかに信頼することの上に成立したゲームでした。だから、うっかり立てたかすかな音を見逃してもらって味わう勝利の瞬間には、うれしさと同じ量の卑屈さが伴って、自分が保護される子どもの立場であることを思い知らさ

れる瞬間でもありました。

すごろく、福笑い、野球盤、ババ抜き、七並べ、坊主めくり…。ほんの束の間、内職を忘れて楽しむ家族たちを、裸電球の黄色い光が照らしていました。電球は乳白色のガラスの傘の下で熱を放っていました。

昼間は色々な物売りがやって来ました。

両端にたらいの下がった天秤棒を担いで移動する金魚売りは、腰でバランスを取りながら、決して水面を揺らしませんでした。

左右に振り分けた木製の棚に、おびただしい数の風鈴をぶら下げて担い歩く風鈴売りが、風を見計らって往来に棚を下ろすと、色とりどりの風鈴たちがチロチロと一斉に風に鳴って、道行く人々の足を止めました。

砂糖を混ぜて溶いたうどん粉を、鉄板に丸く延ばして焼いたものに、希望の漫画を食紅で手際よく描いてくれる食べ物は、今も名前を知りませんが、鯛焼きや削り飴と並んで、屋台で売りに来るものの代表でした。

ドンドン！　と太鼓が鳴ると、いつもの場所に紙芝居が来ていました。自転車の荷台にしつらえられた木枠には、黄金バットや鞍馬天狗の表紙がはまり、集まった子どもたちは、まずおじさんから「ねり飴」を買わなくてはなりません。飴を持っている者だけが紙芝居を見る権利を与えられるのですが、中には貧しくて、飴の買えない子どももがいました。それを見とがめて排除したのは、決しておじさんではなかったような気がします。

「あ！　お前、ねり飴持ってないやろ」

「飴を買わずに見たらいかんのやぞ」

すごすごと帰っていく友達の後ろ姿を、ある種の心の痛みを伴って思い出します。しかしかわいそうだと思う気持ちは、紙芝居が始まるとたちまち忘れてしまって、日焼けしたおじさんが読む活劇の世界に没頭しました。やがて太鼓が遠ざかると、いつの間にか飴を買えなかった友達も加わって、何事もなかったように今度は缶蹴りに夢中になるのでした。

今の子どもたちに比べると、昔の子どもたちは、気を取り直すことも格段にうまかったようですね。

（2006年10月）

マスクの効用

胸弾む桜の季節は、花粉アレルギーを持つ者にとっては、うきうきとうっとうしい季節です。水温み、心も軽くなる一方で、鼻はぐずぐず目はかゆく、首から上の不快感は、心を浮き立たせる桜の花さえ恨めしく思います。

こうなったら格好など構ってはいられないとばかり、長い間抵抗し続けていたマスクをつけて出勤してみて気がついたことがありました。しばらくは周囲から見られているような気恥ずかしさに襲われましたが、やがて誰も私のマスクなどに関心がないことが分かると鮮やかに立場が逆転して、世の中を見る側に回ったのです。いつもなら目を背けてしまう女子高生の視線も平気です。じろりと無遠慮に人を見るおばちゃんたちにもたじろぎません。つまりマスクで顔を隠してみると、天井裏に身を潜めて部屋の様子をうかがう忍者のように、世の中から隔絶しているのです。

どうやら、顔を隠すことには思いがけない効用があるようです。

強盗がストッキングで顔を隠すのは、もちろん素顔をさらさないことが目的ではありますが、隠したとたんに、本来の自分を超えた大胆な衝動に支配されて、思いがけない凶暴さを発揮してしまうということがあるのではないでしょうか。暴走族がヘルメットをかぶるのは、頭部の保護が目的ですが、すっぽりと顔を隠したとたんに運転は乱暴になって、カーブでもアクセルを踏んでしまうということがあるのではないでしょうか。自信のない手術に挑む若い外科医が、青い手術帽とマスクで顔を覆うと、患部を切り裂くメスさばきにためらいがなくなるということがあるのではないでしょうか。

それやこれやから類推すると、顔を隠さないまでも、加工することで、人はマスクをつけたのと同じ種類の大胆さを手に入れるように思います。女性の化粧は濃ければ濃いほど、大胆さは言動にまで及ぶことでしょう。同様に男性も、眉を細め髭《ひげ》を蓄えて、小鼻の脇にピアスを光らせれば、ストッキングで顔を隠したのと同程度には別人になるように思います。顔を加工した若者が増加している現状が、自由という価値の蔓延した証拠なのか、はたまた臆病から逃れようと努力する姿なのかは分かりませんが、意識に上る動機は単なる流行に従っただけであったとしても、結果的に自己の統御能力を超えた大胆さに支配される若者が増加しているのだとしたら、いい意味でも悪い意味でも、社会は穏やかさから遠ざかることでしょう。

雨が降りました。久しぶりにマスクを外して戸外に出ると、裸に剥《む》かれたようなきまり悪さに襲われました。そして私はいつの間にか、コンビニの前でたむろする女子高生の視線に目を伏せ、無遠慮なおばちゃんたちからも顔を背ける、気が弱くて安全な小市民に戻っていたのでした。

（2007年3月）

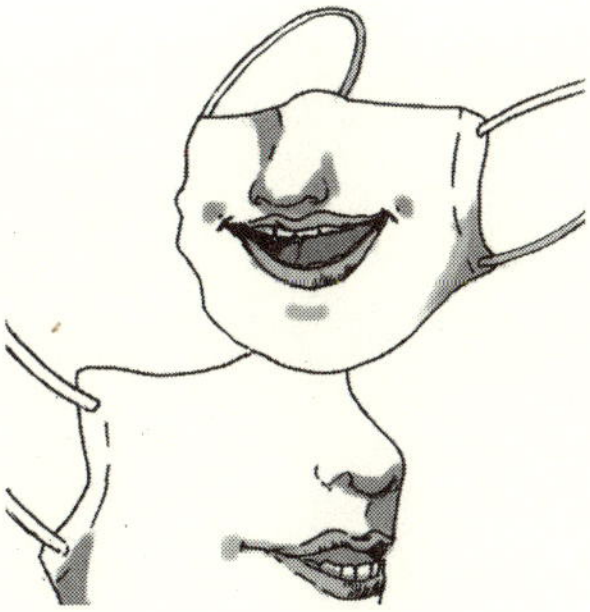

待ち時間の不運

送金のために郵便局に出かけた時の出来事です。

確かキューシステムというのでしたね？

番号札の出てくる小さな箱の上では、電光掲示板が、私の前に二人の客が待っていることを示していました。一組の老夫婦が済んで、次の女性が通帳を受け取り、いよいよ自分の番だと気負う出鼻をくじくように、女性が職員に何やら質問をしたのです。

「あ、はい、保険ですね？　それでしたら、ちょうど良い資料がございます」

職員は戸棚からパンフレットを持ち出して、懇切丁寧に説明を始めました。内容について女性が質問をする度に、職員はパンフレットの該当ページを開いては説明を重ねます。

「なるほど、よく分かりました。一度主人と相談して参ります」

と女性が窓口を離れるまでの長かったこと。隣では、私より後の番号札を持った男性が、私以上にイライラした様子で窓口をにらみつけています。

ひとつ奥の机でパソコンに向かう硬い表情の男性職員二人に、

（おい、客が待ってるんだ。保険の説明はお前たちが代わったらどうなんだ！）

と怒鳴りたい気持ちを抑えながら、民営化ったたって相変わらず親方日の丸じゃないか…という反感が募るのをどうすることもできませんでした。

人間、見通しの立たないまま待たされることほど不愉快なことはありませんね。

急いで飛び込んだみどりの窓口で前の客が、

「もう一つ遅い列車にすると、接続はどうでしょう？」

などと質問したような場合も最悪です。

「そうですね…次の列車ですと『ひかり』になりますが、あ、もちろん『のぞみ』がいいですよね？」

親切に時刻表を広げる職員を、

（ばかやろう、いい加減にしろよ、こっちは時間がないんだぞ）

憎んでしまった経験は一度や二度ではありません。

「3番ホームでお待ちのお客様、列車遅れまして大変ご迷惑様です。今しばらくお待ちくださいますようお願い申し上げます」

というアナウンスも、『しばらく』がいつまでなのかが分からないと進退窮まります。諦めて地下鉄に向かったとたんに列車が来るような気がしたり、いつまで経っても列車は来ないような不吉な予感に襲われたり・・・。

（どれだけ遅れるかは分からなくても、人身事故なのか信号の故障なのか、せめて遅れてる理由だけでも知らせろよ、そうすりゃあ自分で判断するからさあ）

という憤慨はやがて、

（それに、ご迷惑さまって何だ？　迷惑にサマとかつけて、それって正しい日本語なのか？ご迷惑をおかけして誠に申し訳ありませんって、きちんと謝るのが待たせる側の礼儀ってもんだろうが）

八つ当たりのような怒りにすら発展するのです。

携帯電話の店に出かける時にも、ある種、独特な覚悟が要りませんか？

これは年齢的なギャップかも知れませんが、まずは客室乗務員のような制服を着た店員の、あの今風の濃い化粧に抵抗があります。長い爪、長いまつげ、無機質な瞳・・・。総じて彼女たちのにこやかな表情にはお目にかかったことがありません。ツンと澄ました若い女性店員と客との間には、商品に関して圧倒的な知識の差があるために、医者と患者のように、客は弱者の立場に立たされてしまいます。

「・・・で、結局どのプランが得でしょう?」

「そうですね、お客様の使用形態、使用頻度と、主に通話される時間帯によって商品に特徴がございますが、家族割引と定額プランというのがありまして、ご家族以外にも五名様に限って割引される商品の場合には別にご登録が必要です」

などと、小さな文字の一覧表を色のついた爪で指されたりしても、とんと理解ができません。

そして、ここでもひどく待たされて、決して先の見通しは与えられないのです。

私が出かけた時は、二つの窓口はふさがっていて、他に一人の客が待っており、私に続いて若い男性が入って来ました。つまり店内には商談中の客が二人と、順番を待つ客がさらに三人いるわけです。

結構な時間が経って、ようやく順番の来た私が窓口に座るころ、もう一人女性の客が入って来ましたが、隣の窓口のやりとりは延々と終わる気配がありません。見ると、私の後の男性は、待ちくたびれて椅子《いす》の上で眠りこけています。さらに時間が経過して、

「次のお客様・・・」

呼ばれてカウンターについた男性は、しばらく店員と話を交わしていたかと思うと語気を荒げて言いました。

「え！　免許証が要るわけ？」

「はい。一応身分を証明するものをお見せいただくことになっておりますので・・・」

店員の表情からは、気の毒だという気持ちのかけらも読み取れません。

男性は怒ったように立ち上がりました。

すると、その姿がまだ自動ドアを出ないうちに、

「次のお客様どうぞ」

感情の全くこもらない店員の声が響いて、女性の客がカウンターに向かったのでした。

（２００７年５月）

毛が生える話

毛が生える話と言っても、残念ながら増毛の話題ではありません。何気なく使っている分には気にもとめませんが、いったんそこに注意が向くと、どうしようもなく滑稽な表現の代表として、「毛が生える」を挙げてみたいと思うのです。

「すごいなあ！　その若さで一戸建てのマイホームかよ」
「家ったって、犬小屋に毛が生えたようなもんだから…」

犬小屋に毛が生える！　普段はやり過ごす会話ですが、たまたま日常という檻《おり》の扉が開いていていて、私の想像力に自由が与えられている時は、脳裏に、毛の生えた犬小屋が浮かびます。屋根といわず壁面といわず、犬小屋のあちこちにボワッと毛が生えているのです。

やがて想像は映像になって、
「ただいま」
スーツ姿で、四つんばいになって、毛の生えた犬小屋にもぐりこむ夫を、
「あら、お帰りなさい、早かったのね」

中から同じように四つん這いの妻が迎えに出ます。

「やっぱり、もっとカネかけて、ちゃんとした家を買うべきだったかなあ」

「何言ってんのよ、これでも立派な一戸建てじゃない。雨露がしのげればいいのよ」

「今度の日曜に一緒に家の毛を剃《そ》ろうか」

「ダメよ、毛を剃ったらただの犬小屋よ」

「そうだよなあ…。毛が生えてるから、人はちょっと変わった家だと思ってくれてるけど、剃ったらただの犬小屋だもんなあ」

なんて会話まで聞こえてきて、おかしくておかしくて、

「おい、何ニヤニヤしてるんだよ、人の話聞いてんのか？」

と指摘されて我に返っても、しばらくは毛の生えた犬小屋の映像に悩まされるのです。

毛が生えるという奇妙な表現は、いったいいつごろ、誰が使い始めたのでしょう。

「社交ダンス習ってらっしゃるんですって？」

「いえ、社交ダンスと言っても、年寄りが運動のために習うんですから、盆踊りに毛が生えたようなものですよ」

盆踊りに毛が生える！

「おいしいスープですね」

「またまた、お口のうまい。スープはスープでも、私のはみそ汁に毛が生えたようなものですよ」

みそ汁にも毛が生えます。

「退職金ったってお前、零細企業の退職金は月々の給料に毛が生えた程度のもんだぞ」

「湖なんて言うけどよ、あんなもなあ池だよ、池。池に毛が生えたようなもんだ」

「優勝って言えばカッコいいけどさあ、そもそも全体の数が少ないんだから、参加賞に毛が生えたようなもんよ」

毛は何にでも生えるのです。『毛が生える』を広辞苑で調べると、『わずかにまさってはいるが、たいして変わらないもの』と出ています。毛が生えることによって、それまでとわずかにまさりはするものの、たいして変わらないもの…。ひょっとすると第二次性徴が語源なのでは?と、考えを巡らせたところでやめておきましょう。これ以上根拠のないことを書き連ねると、コラムはわい談に毛が生えたようなものに変質しそうです。(2007年6月)

厳かな会場

講演依頼が増えると毛色の変わった会場も色々と経験しますが、山の中腹にある弘法堂の広場にテントを張って参集した善男善女に話をした時は、どんな深刻な話題も吹き渡る風に乗ってぱあっと大空に拡散してしまう、ある種の爽やかな無力感を感じました。

本願寺の本堂に集まった信者の人々に、阿弥陀如来を背にして天蓋の下で話をした時は、足のしびれと闘う聴衆の最前列で背筋を伸ばす住職たちの、決して笑わない厳しい表情が印象的でした。

学校の体育館が会場の場合、大抵いいところでチャイムが鳴って、せっかく作り上げた雰囲気が台無しになる可能性は常に覚悟しているのですが、傍らの松の木の枝に子どもがよじ登ったために、聴衆の関心が一斉に窓の外に向いてしまった時は、目の前で展開される現実の迫力には絶対に太刀打ちできない言葉の世界の非力さを痛感して、少なからずくじけてしまったものでした。

中でも忘れられないのは、セレモニーホールでの講演でした。

車を運転しながら地図を頼りに会場を探していると、そろそろ右折だな…と思った曲がり角辺りから黒い矢印入りの会場案内の案内板が目に入りました。『渡辺哲雄氏講演会場』と書かれた表示は、しかし、走っているため渡辺哲雄までしか認識できず、知らない人ならきっと、見慣れた黒い矢印から連想して、『渡辺哲雄氏葬儀会場』と判読してしまいます。さらに会場前には、同じ案内を黒々と表記した巨大なプラスチックの立体看板が、根元を四角い枠の植え込みに飾られて高々とそびえ立っていました。

駐車スペースに車を止めると、

「講師の先生でいらっしゃいますね」

いんぎんにごあいさつをされる職員の服装は黒ずくめです。

「どうぞこちらへお越しください」

足取りも静かに案内された控え室のガラスケースには、数珠、位牌《いはい》、ろうそく立てなどの商品見本が並んでいました。お茶をいただいて待つことしばし。予定の時間になって先導されたホールには、パイプいすに腰を下ろした百名を超える聴衆が襟を正し、講師というよりは僧侶の読経を待つ態度です。無理もありません。通常ここは告別式の行われる会場なのです。やがて進行担当の女性が司会席に立ち、独特の口調でしめやかに講師紹介を始めました。

「え、大変、長らくゥ、お待たせ、致しました。ただいまよりィ、渡辺哲雄様による、ご講演を、開催いたしたいと、存じますが、その前に、先生のご経歴を簡単にご紹介申し上げたいと存じます。ェ先生は、昭和二十五年、郡上八幡にお生まれになり…」

染み付いた職業スタイルなのですね。

隠々滅々とした紹介のあと、静まり返った聴衆が目を伏せる中を登壇する私は、まるで焼香台に向かう気分でした。

これではいけない！気を取り直した私は、ことさらテンションを上げて、やがて会場は例によって涙と笑いに包まれたのですが、

「え、このホールに、笑い声が響いたのは、初めてのことで、ございます。誠に、ありがとう、ございました」

会を締めくくる進行係の口調は、まだ告別式のムードを引きずっていました。

（2007年6月）

第3章

先生のスピーチ

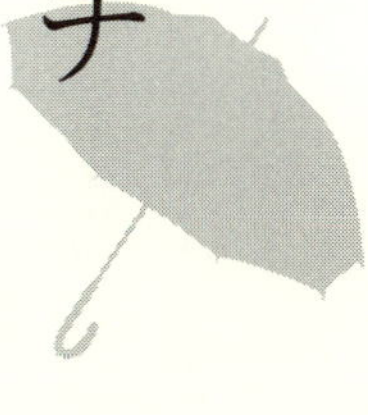

水槽のいじめ

かかりつけのクリニックの待合室に立派な水槽があって、色とりどりの熱帯魚が患者の目を楽しませています。

そういえば、かつて勤務していた県立病院の待合室にも水槽がありましたが、生き物の管理は難しいのでしょう、いつのころからか映像の水槽に変わりました。映像といっても平面ではありません。どの方向から見ても水に空気の泡が立ちのぼる本物の水槽なのですが、水は二重になったガラスのごく表面部分だけに注入されているらしく、中に配置された岩も砂利も海草も盛んに泳ぎまわる複数の魚たちも、すべてが映像なのです。それが立体的に連続しているのですから、設置された当初はもの珍しさで人だかりができました。

しかし生き物には基本的に生き物同士の共鳴装置があるのでしょうね。そして、生きている…つまりは、やがて死んでゆくという事実が持つはかなさや、厳かさや、たくましさは、映像では絶対に表現ができないものなのでしょうね。どんなに精巧にできていても、映像に感情移入はできません。やがて飽きてしまって、振り向く人もいなくなりました。

そこへ行くとクリニックの水槽は本物の熱帯魚です。私は診察を待つ時間が楽しみになりました。それにしても自然というデザイナーの腕の見事さはどうでしょう。赤、青、黄、黒の原色を、ストライプに、水玉に、あるいはツートーンにあしらって、水槽の中で鮮やかなファッションショーを展開しています。アイデアに行き詰まった服飾デザイナーは、水族館に足を運べば素晴らしいヒントが得られるに違いありません。赤い魚を青い魚が追いかける反対方向から黄色い魚がゆっくりとすれ違い、岩陰からオレンジのしま模様の小さな魚が顔を出します。しばし我を忘れて眺めていると、中に一尾だけ、ムツゴロウのような形をしたコリドラスの仲間がいて、水槽の底や岩に付着した汚れを食べています。これが保護色の皮膚を持っているらしく、白い砂地に移動すると見る見る白い色に変色し、黒い岩場に移ると瞬く間に黒い魚に変身するのです。努力して皮膚を変化させているとも思えませんから、目から入った周囲の色彩が、特殊な神経作用で皮膚の色素細胞に働いて素早く色を変えるのでしょう。

以前新聞に、都会の女子の方が、田舎の子に比べて初潮の時期が早いのは、ネオンサインに代表される原色の視覚刺激が影響しているのではないかという記事が紹介されていましたが、保護色ほど鮮明ではないだけで、「見る」ことが体に与える影響は研究に価するかもしれません。

私が子どものころの日本人は、背も鼻も低く、足が短い割に頭が大きくて、目は一重まぶたのずんぐり体型というのが典型でしたが、最近の若者の体型は急速に欧米化したように思います。集団登校をする小学生の中には、ランドセルが不釣り合いなほど、スラリとした長身の子どもが珍しくありません。私が生きている間に起きている変化であることを思うと、民族の体型はダーウィンの進化論的速度を超えて、ごく短期間に進行していることになりますが、ひょっとするとそれは、テレビ画面やグラビアに登場するカッコいいスターやモデルを、あんなふうになりたい…という強い憧れを持って民族レベルで見続けたことの結果であるかもしれません。

話がそれました。

水槽にはほかの魚に比べれば格段にサイズの大きな熱帯魚が三尾います。一尾は白地に黒のまだら模様で体には厚みがあり、あとの二尾は一部を黒く塗り分けた黄色の魚ですが、同じ種類ではない証拠に、一方の魚がちんまりとしたおちょぼ口をしているのに対し、もう一方の魚の口はヒョットコのようにぐいと前に突き出ています。しばらく眺めているうちに、どうやらまだら模様とヒョットコの二尾がおちょぼ口をいじめているらしいことに気がつきました。おちょぼ口が近づく度に、あとの二尾はおちょぼ口の体をツンと突ついて威嚇します。魚のすることですからいじめといってもこの程度のことなのですが、これが執拗なのです。まだら模様に突つかれてひらりと体をかわしたおちょぼ口は、泳いだ先で今度はヒョットコに突つかれて再び体をかわします。その繰り返しがおちょぼ口の日常なのです。これまた魚のことですから表情は変わりませんが、魚も生き物である以上、原初的な感情があるとすれば、水槽という逃げようのない閉鎖社会の中で四六時中仲間から攻撃を受け続けるおちょぼ口の気持ちはいかばかりでしょう。何か原因があるのでしょうか。例えば醜いとか、汚いとか、臭いとか。例えば生意気とか、冷たいとか、非常識とか。例えば不誠実とか、自分勝手とか、失礼とか…。しかし、未分化な生を営むだけの熱帯魚に高度な理由は考えられません。恐らくは何となく目障りで、何となくイラつく相手なのでしょう。その遠因として、過密で変化のない水槽生活がもたらすストレスが存在するとしたら、他人事…いえ、他魚事ではありません。

満員電車、過等競争、多様な価値の共存、便利さが奪う生活の手応え、全人格的な関係の喪失、生産性と成績だけに与えられる評価、連日人間の暗部ばかりをあぶりだす報道…。明確なターゲットを持たないストレスが、熱帯魚レベルの反応として、何となくイラつく対象への攻撃となって表面化した結果、昨今の理不尽な事件があるのだとしたら、われわれも水槽の魚と変わりません。

翌月、通院の折りに水槽をのぞくと、おちょぼ口の熱帯魚は相変わらずひらりひらりと逃げ惑っていましたが、さらにひと月がたって診察に出かけた水槽にはおちょぼ口の姿はありませんでした。そして、見た目にも少しゆとりのできた水槽を、まだら模様とヒョットコが悠然と泳いでいたのです。

（２００７年12月）

修理見積もり

何かの拍子にちぎれたのでしょう、気がつくと、携帯電話のイヤホンジャックのカバーがありません。むき出しではホコリや水分が心配なので、自転車を四十分こいで、購入した販売店に持ち込みました。

「あの、ここの小さなゴムのカバーがなくなったのですが…」

「お客様、申し訳ありませんが、ここでは部品は扱っておりませんので、ご自分でメーカーの方にお問い合わせいただくことになりますが、よろしかったでしょうか？」

「メーカーに問い合わせろと言われましても…」

「電話番号、コピーいたしますね」

制服姿の若い女性職員がコピーから戻って来るわずかな間に、私はにわかに腹が立って来ました。そこで、

「メーカーにはあなたから問い合わせてくれませんか？　それくらい、販売した店の責任のように思うのですが…」

すると職員は困ったような表情をして、

「土日はメーカーがお休みですので」

私はすかさず、

「土日も大丈夫って書いてありますよ」

コピーに印刷してある小さな記述を指差しました。

職員は私を厄介なクレーマーだと判断したのでしょう。表情を強ばらせて、

「立て込んでいますので、予約の紙にお名前を書いてしばらくお待ちください」

別の職員に何やら耳打ちしたのです。

やがて名前を呼ばれてカウンターに座った私の応対に出たのは、明らかにさっきの職員よりは経験を積んだ別の女性でした。

「いかがされましたか？」

私はまた最初からいきさつを説明しなければなりませんでした。

「わかりました。少々お待ちください」

その場で彼女が聞いてくれたメーカーからの返事は意外なものでした。たとえ簡単なゴムのカバーでも、メーカーは部品だけを送ることはしないので、修理扱いで販売店から送

付するようにと言うのです。

「つまり、もしも最初の職員の指示通り、家に帰って自分でメーカーに電話していたら、私はもう一度自転車を漕いで携帯をこちらに持ってこなければならなかったのですね？」

「誠に申し訳ございませんでした」

「…で、小さなゴムの部品一つ、直すといくらかかるのですか？　あまり高いようなら修理しないで済ませますから」

「それは、修理に出して見積もりが来ないと分かりません」

「いや、わざわざ現物を送らなくても、電話でおおよその金額は分かるんじゃないですか？　機械が壊れたんじゃなくて、ゴムのカバーが取れただけなんですからね」

「一応、メーカーは中を点検して見積もりをお出ししますので」

「中は点検しなくていいですよ。全く不都合ありませんから」

「いえ、一応修理の製品は全部点検することになっていると聞いていますので」

「だったら点検は不要と伝票に書いて送ってください」

結局、ゴムのカバー一つ取り付けるのに必要な金額すら聞くことができないまま、それから三十分かけてアドレスデータを写し、代替機と充電器を貸し出されて店を出ましたが、私の胸は、何とも的の絞れない不快感で一杯でした。強いて言えば、いつの間にか私たちが身を置くことになった社会の仕組みの居心地の悪さでしょうか。製造、運搬、販売、修理…と専門分化した巨大なシステムの中で、誰一人トータルに責任を引き受けない仕組みそのものが不愉快なのです。クレーマーと見れば、マニュアルに沿って担当を変える職員たちも、同じ仕組みの中で疎外された被害者なのでしょう。

ビルの谷間を吹き抜ける風で、耳がちぎれそうでした。今は昔、売った製品には最後まで責任を持っていた、町の時計屋の頑固おやじの背中が妙に懐かしく思い出されました。

（2008年1月）

均質を越えるのは「人」

隠岐の島、徳島、讃岐、大分…と、最近立て続けに遠方からの講演依頼がありました。遠方といえば私の住んでいる名古屋から、東京、大阪、神奈川、石川、群馬、和歌山、島根にも出かけたことがありますし、山形などは会場を変えて四年連続でお招きいただきました。新幹線が頻繁に猛スピードで往復しているのに加え、島と島とが海底トンネルや橋で結ばれて、要所要所に特急が接続しているために、飛行機を使わないでも、例えば午前九時に名古屋を出ると、昼前には香川県に着いているという便利さです。

日本列島は狭くなったのです。

いえ、狭くなっただけではありません。大変均質にもなりました。

列車が停車した感触でうたた寝から覚めて、まさか目的地では！と窓の外に目を凝らしても、駅名を書いた看板を見つけない限り、そこがどこだか分かりません。このごろでは旅慣れて、とっさに外を見ないで車内の電光表示を見る習慣ができましたが、考えてみれば悲しいことです。いつだったか美術館で見た東海道五十三次の浮世絵は、宿場ごとの特徴が鮮やかでした。それが今では熱海も神戸も駅の様子は変わらないのです。

降り立った駅の周辺にも均質という文明事情が展開しています。車内に貼られていた携帯電話の広告は、巨大看板となってビルの屋上から見下ろしています。おなじみのコンビニ、英会話教室、旅行社、ハンバーガーショップ、居酒屋のチェーン店が立ち並び、土産物屋の店頭には、味に大した違いのないパイやまんじゅうのたぐいが、ネーミングを変えて土地の名物になりすましています。アーケード街を、太腿もあらわな女子高生と、限界までズボンを下げた男子高生が闊歩し、パチンコ屋からは、聞きなれた歌謡曲が漏れ、ブティックには流行の服が飾られ、化粧品屋にも薬屋にもスーパーにも、見たことのある商品があふれ、百円ショップに入ってしまえば、そこが名古屋だか大分だか分かりません。

「通りゃんせ」の暗いメロディの横断歩道を渡ってホテルに入れば、はるばる大分までやってきたにもかかわらず、フロントの職員は美しい標準語で案内をし、部屋といえば、見ないでも図面が引けるような画一的な間取りの一角に、トイレ一体型のユニットバスがついていて、テレビをつけるとタモリが、にぎやかなタレントたちを相手に百年一日のようなやりとりをしています。

均質もここまで進んでしまうと、便利であり安心であると同時に退屈です。はるばる遠くまで出かけても、期待するほどのわくわく感はないのです。

その夜、アーケード街をぶらついて、一軒の居酒屋に入りました。三十代と思しき難しい顔をした板前と、母親らしき二人で経営する和食の店でした。早い時間帯だったので、奥座敷に一組のサラリーマンがいただけで、カウンターには私一人きりでした。

壁で掛け時計の秒針が時を刻んでいましたが、

「ん？　あれって、影じゃないですか？」

その一言がきっかけでした。

「あそこから映してるんですよ」

板前が指差した天井の隅の黒い箱が、強力な光で時計を影にして映し出しているのです。

「へ〜え、珍しい装置ですね。ご自分で見つけてきたのですか？」

「ええ。何でも自分らしく工夫するのが好きでしてね」

この店もこつこつ自分で作ったのですよ…と言う意味が分からなくて、

「え？　店を作るって？」

聞き返す私に板前は包丁の手を休めて向き直り、

「椅子《いす》もテーブルも壁もカウンターも、これ、全部、材料買って来て自分で作ったんですよ。でもテーブルの板は失敗でした。よ〜く見てください。少し反っているでしょ？」

「昔、大工やってたんですか？」

「いいえ、この子、こういうことが好きなんですよ」

顔から気難しさが消えた若者を、三歳児を見るような目で眺めながら、母親が口を開きました。

二歳で夫と別れ、女手一つで育てた一人息子は、中学卒業後板前修業に入り、今は妻のお腹で赤ちゃんが育っているのだという。

「立派にお店も持って、お孫さんもできて、お母さんも幸せですね」

と言われてうれしそうに笑う母親に、

「ちょっと困らせた時期もあったけどな…」

若者は照れくさそうにそう言って、まな板に向かっていましたが、お客さん、これ、食べてみてくださいと、注文していない料理をカウンター越しに一品差し出してくれました。なかなか本音が言えない親子の、私が触媒になったのかもしれません。

奥座敷から声がかかって、厨房はにわかに忙しくなりました。私はちびちび飲《や》りなが

ら、筆ペンを取り出して、店の商標になっている写楽の役者絵とロゴをメモ用紙に描きました。発見した母親がそれを壁に貼り、

「これ、ずっと貼っておきますから、こちらにいらした時は必ず寄ってくださいねえ」

絶対に営業トークではない言葉に送り出されてホテルに帰りましたが、ユニットバスを使いベッドに横になった私の胸には、わくわくするような大分の印象が定着していました。もはや、均質を超えるのは「人」なのです。関係を引きずらない旅先の出会いであるだけに、扉をたたけばわくわくするような景色が広がっているのです。（2008年3月）

ゆうすけの誠意

方向音痴と機械音痴とは同じ根っこでつながっているのでしょうか。ナビの案内に従っていてもよく道を間違える私は、機械が人一倍苦手です。そのくせ好奇心だけは旺盛で、何かが壊れるとすぐに分解して原因を探りたくなります。子どものころは、ブリキの時計を分解してはよく後悔をしたものですが、その種の習癖は大人になっても改善されないものらしく、過日もミルが動かなくなったパーコレーターを意気揚々と分解し、二度と組み立てられなくなりました。実は故障ではなくコーヒーを漉《こ》すサイホンのスイッチと、豆をひくミルのスイッチを間違えて押していたことに後になって気がつきましたが、時すでに遅しです。そこそこの値段で買ったパーコレーターは、無惨な部品の群れと化し、バラバラ事件の被害者よろしく不燃物の袋に入れて捨てられてしまいました。

先日は最も恐れていたパソコンが壊れました。終了をクリックしても一向に電源が落ちないことにいら立って、コンセントを抜いたのが発端でした。次に立ち上げると、画面には英語の文字がずらりと並び、判読ができません。強制終了のキー操作を繰り返してみても全く変化がないことを悟った私は、再びコンセントを抜きました。コンセントを抜きさえすれば、何もかもが無かったことになると期待するのが機械音痴の悲しさなのですね。複数の指示は機械を混乱させるのでしょう。電源を入れても全く改善の兆しはありません。分解して原因を調べられないものかと、機械の裏側をのぞいて見るのですが、本体から伸びるコードの種類だけでもまるで迷路のようです。

(これを分解したら取り返しがつかないことになる…)

さすがに私にもそれくらいの判断はできました。しばらくは途方にくれて、英語のメッセージの末尾で点滅するカーソルを眺めていました。こうしている間も重要なメールが入ったかもしれません。ホームページに書き込みがあったかもしれません。すると突然、カーソルの点滅がパソコンの苦しげな息遣いのように思えてきました。パソコンは病気になっているのです。病人は注射を打てばすぐに治るものではありません。安静が必要なのです。

よし！

私はもう一度だけ電源を抜いて、悪い電気の流入を絶ち（悪い電気というあたりが愚かしいですね）、今度は焦らないで一日たっぷりと機械に休息を与えました。

ところが、翌日はさらに深刻な状況に陥りました。画面が反応しません。ディスプレーは死んだように真っ暗なままなのです。いよいよ観念した私は、コンピュータに詳しい友人に携帯電話で救援依頼を出しました。豊臣家の血筋を引いているかと思うほど立派な名前を持ちながら、雰囲気がユースケ・サンタマリアというタレントに似ているために、仲間内では「ゆうすけ」と呼ばれているその若者は、

「仕事が引けてからちょっと寄りますね」

夜の十時に駆けつけてくれました。

ゆうすけは、ほとんどプロでした。

想像されるあらゆる原因を順序立ててつぶしたあげく、手際よく本体のカバーを開けてコンピュータの心臓部のホコリまで掃除しましたが、画面に変化はありません。

「なべさん、これは何らかの原因でディスプレーが壊れたとしか考えられませんよ」

本体の型も旧《ふる》いのでこれを機会に新調したらどうかと提案されて、私は快諾しました。

「しかし、新しいのが来るまでパソコンが使えないのは困るでしょう？」

ゆうすけの親切は本物でした。

応急にテレビ画面とつないでおきましょうと端子を調べ、

「確か職場にケーブルがありましたから、ちょっと取ってきますね」

わざわざ車で出かけて行って戻って来たのが十一時半を過ぎていました。

「こんな時間になっちゃって…」

申し訳ない申し訳ないを繰り返しながら身体を屈《かが》めて作業するゆうすけの背中をなす術もなく眺めながら、私の方が申し訳ない気持ちでいっぱいでした。午後から出勤の私と違って、ゆうすけの朝は早いのです。とにかく日付が変わらないうちに何とかしましょうと張り切ったにもかかわらず、ケーブルでつないだ画面は乱れ、解像度を下げても正常には立ち上がらず、結局、文書作成だけに使用していた古いノートパソコンをメールの送受信ができるように設定し終えたのが一時過ぎでした。

「ふう…ま、とりあえずメールができればいいですよね。後は元どおりにして帰りますが、コードの始末は暇な時に自分でぼちぼちやって下さいね」

ゆうすけが本体にディスプレーをつないだ時です。

「！」

突然電源ランプが点いたかと思うと、何と、画面がおもむろに立ち上がったではありませんか。

「え？」

「ウソ！」

「なべさん、オレ、最初にコードの接触を確かめましたよね」

「確かめた、確かめた」

「でも、結局、接触不良だったってことですよね…」

「…」

茫然《ぼうぜん》自失という状況を二人一緒に体験した瞬間でした。

床で、もつれたコード類が三時間を越える悪戦苦闘を物語っていました。

「おれ、何やってたんでしょうね」

徒労を自嘲しながら、ゆうすけは深夜の道を帰って行きましたが、私は全く別の感慨を胸にゆうすけを見送っていました。パソコンごときは修理屋に頼めば何とでもなりますし、直ったところで感動するわけではありませんが、半世紀以上生きて来て、これほど鮮やかに目の前で「誠意」という徳目が展開されたのは初めてのことでした。

ゆうすけの努力は決して徒労などではありません。彼は三時間かけて自分という人間の誠意を表現していたのです。


（2008年3月）

肉離れ

メタボ防止がやかましく言われる時代になりましたが、それ以前に私は体重をひと月で一気に七、八キロ落とすことに成功しました。高血圧、高脂血症、高血糖…。持病の喘息に加えて、年に一度の健康診査の結果が示す暗黒の将来を回避するには、何よりも体重を落とすのが第一と考えたからです。

かつて早朝四キロのウオーキングに挑戦して一週間ほどで挫折したのに続き、高価な電動ルームランナーを物干し台にしてしまった忌まわしい過去を持つ私が自分に強いたのは、片道一時間の徒歩通勤でした。運動の継続が自分の意思ひとつに委ねられているこれまでの方法と違って、通勤には悲壮な義務感が伴います。少しでも遅れればタイムカードが正確に遅刻を刻印して、勤務上の汚点として記録に残すのです。タイムカードは実に有能なトレーナーでした。遅刻するぞ、遅刻するぞ、という無言の声に背中を押されながら、早足で歩き続けてひと月あまり…。ウオーキングシューズの磨耗と同時進行で見る見る体重は減り、血液検査の値も嘘のように正常に戻りました。衣服をすべて一回り小さなサイズに買い換えて、軽々と階段を駆け上れるようになると、不思議と気持ちまで若返りました。

日常ではほとんど車というものを使わなくなった私が、自転車に乗って名古屋の中心部まで買い物に出かけた時のことです。見知らぬ裏通りばかりを選んで走る目の前に、そびえるような上り坂が出現しました。しかし、すっかり若返っている私の気持ちは、ひるむどころかかえって闘志を燃やしました。

「よし！」

どうだ、とばかり懸命にペダルを漕いで上りきった時には疲労よりも達成感の方が勝っていましたが、年を取ると筋肉痛はゆっくりとやって来ます。数日後、歩行時に鈍痛を覚えて触って見ると、両のふくらはぎがよく熟れたナスのように腫れていました。この段階で大事を取るべきところを、気力で乗り越えようとするのが年寄りの冷や水なのですね。

次の日も、その次の日も往復二時間を歩いて通勤した帰り道、自宅近くの横断歩道を渡り始めたとたんに信号が点滅し始めました。とっさに私は、引き返すのではなく全力で疾走しました。いえ、正確には疾走したつもりでした。突然左のふくらはぎでブチッという小さな音がして、私はのめるようにその場にうずくまりました。激痛で立つことができません。信号が赤に変わりました。たくさんの車のヘッドライトが一斉に近づいてきます。命からがら後ずさり、歩道に身を寄せた私を嗤《わら》うように、今度はポツリ…と雨が降り始めたのでした。

翌朝、整形外科を受診すると、診断名は肉離れでした。

「肉離れ…ですか」

「身体は五十代なのに頭は三十代の人。そういう人がこういうけがをします」

新しい繊維ができるまで、そう…ひと月半はかかりますよ…と言われて貸し出された松葉杖を手に、私は猛省しました。頭と身体は調和が取れていた方がいいのです。だから、お前はもう子どもではないのだぞという自覚を促すために成人式があり、お前はもう年寄りなのだぞという自覚を促すために赤いちゃんちゃんこを着るのです。

還暦まであと三年を切りました。

暴飲暴食、過度の運動、若い人に付き合っての夜更かし、カラオケ、炎天下の長時間歩行…。初老期の肉離れは「精神の肉体離れ」から発生するのだと気づけば、今度のことはいい戒めです。アンチエイジングも結構ですが、衰えていく肉体を上手に使いこなす精神を宿してこそ熟年と言えるのでしょう。そして、松葉杖体験の悲喜こもごもについては、いつか稿を改めて書きとめてやろうと、歩行中両手の使えない不自由を思い知りながらひそかに考えているのです。

（2008年5月）

ゴミ収集場の神様

作品が書けない時は好きな作家の本を読むのが一番いいのですが、寄る年波ですぐに目が疲れてしまって根気が続きません。久しぶりに映画を観ようと思い立って、レンタルビデオショップでＤＶＤを借りました。北大路欣也主演の『空海』という恐ろしく旧《ふる》い映画と、西田敏行主演の『椿山課長の七日間』という比較的新しい映画です。

『空海』に目が留まったのは、年配の学生の一人から、

「平安時代にハンセン病患者の施設を作った真言宗の僧侶がいましたが、真言の教義と関わりがあるでしょうか？」

と質問されて、説得力のある答えができなかったことが理由ですし、『椿山課長』を選んだのは、

「先生、椿山って課長、カワイソウだよね」

「誰？　椿山って」

「椿山課長の七日間という映画だよ、西田敏行の…知らないの？」

と介護科の学生が言っていたのを思い出したからでした。

脈絡のない二つの映画は、時代背景は違いましたが、この世の生を越えた世界を描いているという意味で共通していました。物事には機運というものがありますね。

実は少し前に通販で買ったCDで、小林秀雄という著名な評論家が、早稲田大学の学生の質問に、

「たましい？　そりゃあ当然あるでしょう。私が私のおばあさんを思い出す時、おばあさんのたましいは、間違いなく私のところにいる訳ですからね。当たり前です」

そう答えていた言葉の真意が、あと一歩のところで実感できないでいたのですが、二本の映画を観終わって、突然解《わか》ったような気がしました。

『空海』に描かれた真言密教の奥義や、『椿山課長』が体験した死後の世界とは直接関係はありませんが、こうして私がこんな文章を書いていることや、それを読んで何かしらを感じてくれる読者がいることに象徴されているように、科学では証明できない人間の『思い』…広い意味で魂と呼んでいいのでしょう…こそ、マッチ一本で燃えてしまう目の前の物質より、よほど確実な存在なのです。愛も憎しみも、怒りも悲しみも、美しさも醜さも、世の中は実に人間の『思い』を中心に展開しています。こんな自明の事実の真っただ

中で生きていながら、『人が思うこと』を、実在から最も遠い心理学上の問題として『現象』の領域に追いやってしまった現代は、溢れ返る物質文明を信奉して痩せ細っています。悪魔を排除して神を失ったのです。

さび付いた脳に久しぶりに刺激を与えてくれたDVDを返却すべくマンションを出ると、コンクリートで囲まれた一角にゴミ袋の山がありました。おっと生ゴミの日だ…。部屋にとって返してまずは生ゴミを出し、ビデオショップの駐車場に車を入れたとたんに、今度はDVDがないことに気がつきました。DVDを持つと生ゴミを忘れ、生ゴミを持つとDVDを忘れる年齢になったのです。そういえば、携帯電話を忘れて取りに戻り、カバンを忘れて出かけたことがありました。

まあいいか…。返却期限にはまだ三日ある。郵便局とコンビニに寄り、部屋に戻ってぞっとしました。どこにもDVDがありません。とっさに時計を見ました。九時半…。とうにゴミ収集車が来ていてもおかしくない時間でした。ですから駆けつけた収集場所のゴミの山の隙間に、青いレンタルショップの袋を見つけた時の喜びといったらありません。

神様がいた！　私は改めてDVDを返しに行きながら、持て余すほどの幸運を感じていたのでした。

（２００８年６月）

銀ちゃんの乾杯

「おう、銀ちゃん、いいところへ通りかかったなあ。ちょいと珍しい酒が手に入ったからさあ、つまみ持ち寄ってみんなでパアっと楽しんじゃおうと思ってるところなんだ。どうだい？　寄っていきなよ」

「ほう…そりゃあ結構だねえ。けど残念だなあ…。寄りたいのは山々だけどさあ、野暮用があるんだよ。せっかくだけど、今回は遠慮すらあ。また誘ってくんな」

「んなこと言わないでさあ、寄ってきゃあいいじゃねえか、付き合いだよ、みんな集まってんだ。しまいまでいろとは言わないからさ、乾杯だけして、一つ二つ歌でも歌って、適当に消えちまえば付き合ったことになるんだ。そうだよな、みんな」

「そうだよ、銀ちゃん、寄ってきなよ」

「いや本当に、そうもしてられねんだ、悪いけど」

「何だい銀ちゃん、そっけないなあ。さっき、おめんちのぞいたら留守で、留守ならしゃあねえなあと思ってるところへ偶然通りかかったから誘ったんだ。誘って断られたんじゃこっちの気持ちがざらつくじゃねえか。長い時間じゃないよ。一杯だけ付き合えば、それで立派に付き合ったことになるんだからさあ。こっちは誘った、そっちは付き合った。どうだい？　双方気持ちがいいだろう？」

「いや、有難いんだけどさ、一杯だけ付き合って席を立つってのも辛いからさ、分かってくれよ」

「んなこと言わないで、こうやってる間に乾杯ぐらいできるじゃあねえか、分かんないなあ。付き合いなよ」

「いや、せっかくだけど、今日のところは…」

「やい、銀公！」

「な、何でい、お、大きな声出しゃあがって」

「誘われてるうちが花だってことが分からねえのかい、このバカ野郎。お前はいいやつだけど、そこが悪いところだぞ。乾杯だけでもしてけって、席空けてみんな待ってんじゃねえか。いいか、一緒じゃ酒がまずくなるからって、声かけてもらえねえやつだっているんだぞ。一杯だけでも付き合えって誘われるのと、一緒はごめんだって嫌われるのと、どっちがいいんだい！　え？　どっちがいいんだ！」

「そ、そりゃあ…」

「おれが悪かった、何だい」

「そうだよ、それでいいんだよ。素直じゃなかった罰だ、お前が乾杯の音頭とりな」

「わ、分かったよ、拉致だなまるで。それじゃみんな、誘ってくれてありがとよ、乾杯！」


江戸の長屋の若い連中のやり取りを落語的に想像してみましたが、いかがでしょう。率直で、風通しがいい会話だとは思いませんか？

これが現代となるとどうでしょう。地域の付き合いなどというものは絶えて久しいですから、もっぱら舞台は職場ということになりますが、

「係長、週末あたりどうです？　一杯飲《や》りませんか？」

「悪くないねえ…で、メンバーは？」

「一応、係の親睦ということで…」

「係ったって、あの二人は出にくかあないか？　子持ちの主婦だぞ」

「誘うだけ誘って、あとは本人の判断ということでいいじゃないですか」

「派遣の職員はどうする？　割り勘だと負担じゃないか？　給料がだいぶ違うからなあ」

「飲み会の費用に差をつけちゃ本人たちも心苦しいでしょう。負担だと思えば参加しませんよ。強制じゃないんですから」

「しかし、あの連中が不参加となると、おれとお前を入れてわずか三人ということになるぞ。いくら何でも三人じゃ淋しいだろう…」

「それじゃあ他の係にも声かけますか？」

「他の係かあ…。人数が増えると日程とか調整が大変だぞ。うるさいやつもいるからなあ。お前、幹事やるか？」

「嫌ですよ幹事なんて。やれ会場が遠いだの、料理がまずいだの、会費が高いだのって、ろくなことがないですからね。いっそ係とか親睦とか言わないで、有志が集まったという形にしましょうか？」

「しかし、有志となると、声をかけた、かけなかったで、あとでもめるんじゃないか？　それも面倒くさいぞ」

「やめますか」

「そうするか」

といった調子ではないでしょうか。江戸の長屋と比べると、人の思惑ばかりを気にした、何とも風通しの悪い会話です。

どこが違うのかを考えてみました。

要は個人に立ち入る深度の違いではないでしょうか。

個人情報の保護や守秘義務がやかましい時代になって、プライバシーには立ち入らないことが相手を尊重する態度のようになりましたが、その実人間は、立場や肩書きではなく、生活者同士としてのつながりを得て初めて安心する存在です。

「あの、明日、休みを取りたいのですが…」と申し出て、

「それじゃ、届けを出しておいてくれたまえ」と言われるよりも、

「おふくろさんが悪いんだったよなあ…。大事にしてやれよ」

と言われた方が温かい気持ちになります。しかしそのためには、母親が身体をこわしているというプライベートな領域に踏み込んだ関係でなければなりません。そういう意味では、本当に相手を人として尊重する態度といえば、プライバシーに適度に立ち入る態度であるとも言える訳です。適度の程度が分からなくて傷つけたり傷ついたりしながらも、子どものころは当たり前のようにできていた率直な対人態度が、大人になるに従ってできな

くなっていきます。立ち入り過ぎないことを、礼儀、あるいは思いやりとして学習し、できるだけ傷つけたり傷ついたりしない対人距離を学んでいくことがすなわち社会人としての成長である訳ですが、人と距離ができればできるほど、できた隙間を寂しい風が吹き抜けるのもまた事実です。寂しさに耐えるのが大人なのだという考えを取れば、前述した職場のエピソードになりますが、「やい、銀公！」と相手のプライベートにぐいっと立ち入れば、長屋の付き合いが始まるのです。

問題は個人に立ち入る深度ですね。

「どう？　変わりない？」

「父親の具合が悪くて色々大変でした」

「え？　お父さんが？　一体どうされたの？」

「ちょっと、それは個人情報なので…」

「あ、ああ、そうなんだ…で、入院してらっしゃるの？」

「それもちょっと、プライバシーということで…」

「だから君も元気がないんだね？」

「いえ、私はちょうどいま女の子なんで、ブルーなんです」

「女の子って…ああ、生理ね、あれ？　生理はプライバシーじゃないの？」

「女子高でしたから、そういうの割合平気なんですよね」

久しぶりに訪ねて来た卒業生との会話です。

どうですか？　何だか変だと思いませんか？

自由だ個性だ権利だと、自尊感情ばかりを肥大させてしまった現代は、個人の事情に立ち入ったり立ち入られたりすることについての規準が、若い人たちだけでなく、いい年をした大人たちの間でも混乱しているようです。私生活については互いに一切触れないまま当たり障りのない話題で過ごす学生たちも、周囲に気を遣って飲み会ひとつ計画できないサラリーマンたちも、手に負えない状況になるまで眉をひそめてごみ屋敷を遠巻きに見守るしかない地域住民たちも、江戸の長屋の住人たちの対極に住んでいます。他人との距離に臆病になる余り、川を挟んだ向う岸の人に接するようなお付き合いを思い切ってやめて、「お前はいいやつだけど、そこが悪いところだぞ」とからりと言ってのける勇気を奮ってみると、案外相手は銀ちゃんになって、気持ちよく乾杯ぐらいしてくれるのかもしれません。


（２００８年11月）

不機嫌な人々

面白いうどん屋を見つけました。

四人掛けのテーブル三つと二人掛けのテーブルが三つ埋まればそれで満員の、値段の割に味はそれほど悪くない小さなうどん屋なのですが、五十代後半とおぼしき体格のいいオカミサンが、ちょっと類を見ないほど無愛想なのです。

白地に黒く『うどん』と染め抜かれたのれんをくぐると、

「いらっしゃいませ」

という沈んだ声には、

「チッ！　客が来ちまった…」

というニュアンスが感じられます。

こちらの顔も見ないで、そそくさとお茶を入れに行く様子には、不本意な用事を言いつけられて、ふてくされた子どものような雰囲気が漂っています。

ところがある日、時間の都合でお昼どきより早く店に入った私は、意外な事実を発見しました。例によって終始不機嫌に私の目の前に『鳥なんば』を置いたオカミサンは、厨房の夫を相手に、にこやかに談笑をし始めたのです。この人、笑うんだ…と思ったところへ、サラリーマン風の客が入って来ると、オカミサンの表情が、刷毛で掃いたようにサッと無表情になって、

「いらっしゃい」

という抑揚のない声にはまたしても、

「チッ！　また客が来やがったぜ」

というニュアンスが込められていたのです。

人間には内に向かって愛想のいいタイプと、外に向かって笑顔を振りまくタイプがいて、たいていは外に対して好印象を与えようと、化粧をしたり服装を変えたりしているのですが、オカミサンは内に向かうタイプの典型なのでしょう。夫婦水入らずのひと時に割り込んで来る客を、邪魔が入ったように感じるのに違いありません。

そういえば、今まで出会ったたくさんの人を思い返してみると、不機嫌な雰囲気をぷんぷんさせていた人が何人もいます。

小さいころよく遊びに行った友だちの家には、元、芸者をしていたという噂のある痩せ

たおばあさんがいつも眉間にしわを寄せていて、天気が良い日はジロリと空をにらみ、「何て天気だい。こう暑くちゃたまんないよ」

という顔つきでパタパタと扇子を使い、雨が降れば降ったで、ムッとした目つきで外を見て、

「ったく、嫌な雨だよ。どうにかならないのかねえ」

という表情で煙管をふかしていました。

保育園にも機嫌の悪い保育士がいて、子どもたちは、もう一人の、えくぼの優しい保育士の方ばかりを取り巻いていましたし、小学校には、近づいて来るだけで、生徒の方がそそくさと路地に身を隠す怖い顔の先生がいました。中学になると、すれ違いざまに素早く男子生徒の頭に手を当てて、指の隙間から髪の毛が出ているのを確認するや、

「長い！」

と短く叫んで、ゴツンとげんこを見舞う鬼のような先生がいましたが、スーパーで買い物カゴを下げた普通の顔の先生を見かけた時には、見てはいけない舞台裏をのぞいたような気がして、慌てて柱の陰に隠れたものでした。

教室には毎年必ず、お前の講義なんぞ聞いてられねえや、とでも言いたげな表情の学生

がいます。町では、男なんて蝿みたいなものよとばかり、遠くを見つめてすれ違う派手な女性に出会います。ちまちまと安いもんばっかり買うんじゃねえよと叫びたい衝動を口元ににじませたスーパーのレジ係がいるかと思うと、いつまで待ったって順番は来ないよと心の中でつぶやきながら、前の客にことさらゆっくりと対応しているＪＲの職員がいます。全てはこちら側のひがみであることは分かっていても、不機嫌な人からはそんなメッセージを受け取ってしまうのです。そして、不機嫌な人の前に出ると、何も悪いことをしていない自分の方が、どうしてこんなに卑屈な気持ちになるのだろうと悔しく思いながら、ひょっとすると、いつもにこやかに周囲に愛想を振りまいていないと不安になってしまう私の方が、実は深い心のゆがみを持っているのではないかと思うのです。

（２００８年６月）

大判小判

たまたま出かけたデパートの催事場で、世界の貨幣展を開催していました。最近私は江戸の暮らしに関心があって、本物の小判と一分金というものをどうしても見たいと思い、最上階へ向かいました。小判はどんな大きさで、どんな色をしているのでしょう。四枚で一両になるという一分金は、やはり小判の四分の一の大きさなのでしょうか。

世界の貨幣展といっても、会場には古銭を扱う営利目的の複数の店舗が、男女二名ずつの販売員を配置してブースを出していました。それぞれのショーケースには、大判小判を初めとする保存状態のいい古銭が宝石のような扱いで並んでいました。小判の価値は時代によってさまざまで、少ないときは八万円から、多いときは三十万もした時期があったようですが、複数のブースのショーケースに展示してある小判はおしなべて二十万円の値札がついていました。生きた貨幣として流通してはいないものの、古銭としての小判が、江戸の昔の貨幣価値とそんなに変わらない価格で売買されている事実が不思議でした。

あるブースで、刑事のようなコートを着た三十代後半と思しき男性が、ショーケースから取り出した二枚の小判を前に、店員とやりとりをしていました。どうやら男性がどちらかの小判を購入しようとしているようです。さりげなく近寄って値段を見ると、小判は二枚とも他の店より一万円安い、十九万円の値札がついていました。

「こちらは状態がいいですよ。この辺りの光沢は、ほとんど当時のままでしょうね」

「…」

「こちらは、ほら、刻印が鮮明です。ま、こっちと比べると、光沢は微妙に劣りますが、どちらも間違いなく未使用、新品ですよ」

「…」

あとは好みですね、と言われた男性が、二つの小判をじいっとにらんでいる傍らで、

「ちょっと…触っていいですか？」

店員がうなずくのを待たないで私は小判の一方を手に取りました。

「これって、全部、キンですよね？」

小判を無邪気にひらひらさせる私を、

「あ、そんなに振らないでくださいね、曲がりますから…」

若い店員は困ったようにたしなめて、

「天保のものですから、慶長や享保のころのに比べると、銀がかなり混じっています」

「へえ、そうなんですか…」

私はそっと小判を赤い布の上に戻し、貴金属としても十九万円の価値があるのかと尋ねました。

「ありませんよ」

即座に答える店員の顔に、一瞬、何も知らないやつめという表情がよぎりましたが、

「…ということは、投機の対象になるということですか？」

ひるまずさらに質問すると、今度はコートの男性が答えました。

「コレクションですよ。つまり、好きなんですね、古いおカネが」

そして、

「子どものころ、おやじに一文銭をもらいましてね。今思えば、それがきっかけだったような気がします。古銭を持っているからって、何になるわけじゃないんですが、時々無性に欲しくなるんですよね」

もう随分集めましたよ、と笑う顔は、少し照れくさそうでした。

茶封筒から取り出した一万円札を十九枚、丁寧に数えて店員に渡し、光沢のいい方の小

判を購入する男性を眺めながら、私は人間の不思議を思いました。

小学生のころ、祖父から作文をほめられたのをきっかけに文章を書いている私の心にも、父親から一文銭をもらったのをきっかけに古いおカネを集めている男性の心にも、同じ種類のスイッチがオンになっているような気がしたのです。

（２００９年１月）

しあわせのドミニカ空港

不思議な巡りあわせでＪＩＣＡから要請を受け、友人と一緒にドミニカ共和国という、気が遠くなるほど遠方のカリブ海の島に講演に出かけたときのことです。ニューヨークで一泊し、ドミニカ島に向かう飛行機に乗り込んだ日本人は私たちだけでした。手違いなのか理由があってのことなのかは今もって不明ですが、用意された飛行機のチケットは、私の分だけがビジネスクラスでした。

「いいですね、ビジネスクラス…」

少しうらやましそうな友人と飛行機の入り口で左右に別れて、ビジネスクラスのキャビンに案内された私は、まずはその、ゆったりとした占有面積の広さとシートの高級感に感動しました。これまで海外旅行で利用した飛行機は、すべてがエコノミークラスだったので気がつきませんでしたが、コックピットに近い場所に、カーテンで区切られて、こんな特別な世界があったのですね。

アームレストのボタンを押すと、シートの背もたれは音もなく電動で倒れます。別のボタンを押すと、今度は昔の美容室のドライヤーのように、すっぽりと頭部を覆うヘルメットが下りてきて、アイマスクの代わりに、周囲の光を遮ってくれます。何しろビジネスクラスは、乗客の数が限られていますから、客室乗務員の目はよく行き届き、機内サービスは細やかで、しかもフレンドリーでした。スペースが広いからでしょう、立ったまま、わずかに腰をかがめて乗客に対応するエコノミークラスと違って、ビジネスクラスの乗務員は、片膝を床につけて、ほとんど座った姿勢で会話をします。当然目と目が合いますが、訓練された乗務員の瞳には、これ以上はないというくらいの歓迎の意思が溢れていますから、何とも居心地がいいのですね。

一方、肝心の乗客たちは無表情でした。ある者は分厚い資料に目を通し、ある者は熱心にパソコンを操作しています。考えてみれば、ビジネスクラスという名称には、機内でも仕事をする人たちのためのキャビンというニュアンスがありますよね。その時の私も、観光ではなく仕事を目的として搭乗していたのですから、豪華なシートや客室乗務員の態度に無邪気に感動などしていないで、講演の準備に時間を費やすべきだったのかもしれません。しかし、本当に驚くのは飛行機がドミニカ空港に着陸した直後のことでした。

紺ぺきの空とコバルトブルーの海の間をゆっくりと高度を下げて、飛行機はほとんど衝撃を感じないくらいスムーズに滑走路に滑り降りました。着いたとたんに、カーテンを隔てたエコノミークラスの客室から大歓声と拍手が沸きあがったのです。それはもう、まるで、応援している球団が優勝したかのような勢いでしたが、ビジネスクラスの乗客たちは顔色一つ変えないで降りる支度を始めました。

「さっきの大歓声は何があったんだ？」

タラップの下で再会した友人に聞くと、

「みんなうれしいんですよ！　無事に着陸したことが」

見知らぬ者同士が抱き合わんばかりに喜び合うエコノミークラスの機内の様子を、上気した顔で報告する友人は、乗り込むときとは別人のようにうれしそうでした。しかしわれわれは同じ飛行機に乗っていたのです。エコノミークラスもビジネスクラスも同じように空を飛び、同じように無事に空港に着いたのです。

「映画みたいに感動的でしたよ」

興奮冷めやらぬ友人を、今度は私がうらやむ番でした。遠い異国の空港で、他人同士が心を一つにして喜び合う感動の瞬間を体験した友人と、何事もなかったかのように身支度をする人々の中に身を置いた私とでは、いったいどちらが幸せだったのでしょう。

「いい経験したな」

という私に、

「あれ？　そちらは喜ばなかったのですか？」

不思議がる友人の傍らを、アタッシェケースを提げたビジネスクラスの紳士がさっそうと追い越していきました。

（２００９年5月）

目的指向型生物

昨日スーパーで珍しい人に会いましてね、と女性教員のK先生は目を輝かせ、数年前まで机を並べていたY先生の様子をひとしきり報告したあとで、

「電話の声よりずっとお元気でしたよ」と言いました。

「電話、されるんですか？」

「たまにね、でも話し始めると長くって・・・深夜に一時間はざらですからね」

「一時間！」

私は昔からそれが不思議でなりませんでした。子どものころはともかく、社会人になって以来、私は懐かしいからといって、目的もなく人に電話をした記憶がありません。それを女性はいとも簡単にやってのけているように思うのです。気安く人に電話ができないのは私だけなのでしょうか、それとも男性に共通した特性なのでしょうか。

「どう思います？」と、そのことを男性教員のH先生に聞くと、

「電話ですか、用事がなきゃしませんねえ」

「喫茶店は？」

「待ち合わせで利用したり、久しぶりに出会った友人とコーヒー飲みながら近況報告をすることはありますが、初めからおしゃべりを目的に男同士で行くことはありませんよ」

「ですよね、ですよね」

共感し合う私たちに、今度はK先生が驚く番でした。

「へえ〜男の人ってそうなんですか？　女はそれが楽しみなんですけどね」

そうなのです。女が楽しみだと公言する友人との無目的なおしゃべりが、男にはできないのです。

「それじゃ、友達と一緒に目的もなくデパートを見て回ったりはしないのですか？」

というK先生の質問に、

「絶対しません！」H先生がきっぱりと否定しました。

休日の朝、電話がかかってきて、

「おい、暇か？　デパートでも見に行こっか」

「いいねえ、何時にどこにする？」

「チロルに十時でどうだ？」

「あそこモーニングが豪華だもんな」なんて状況は想像もできません。

目的なんかなくてもデパートを回ったりして、生活そのものを楽しむことができる女と違って、男は目的がないと身動きがとれない性質を持っていて、親しい友人と歓談するためにも、一杯やるか、という目的を必要とします。夜中に電話のベルが鳴って、

「今いい？」

「いいけどどうかしたの？」

「ううん、どうしてるかなと思って」

「相変わらずだけど・・あ、変わったことっていえば、うちのにポリープが見つかったことかなあ」

「やだ、悪いものじゃないわよね？」

「月曜日にカメラなの」

「こんなこと言うとあれだけど、あなた、ちゃんと生命保険には入ってるでしょうね？」

「一応ね」

「何でもなきゃいいけど、何かあったら、あなた、結局おカネが頼りだわよ。そうそう、おカネって言えば、聞いた？　洋子が自己破産したって」

「自己破産？」と、脈絡のない話題がだらだらと続く会話が男にはできません。

「何だ、どうした？　こんな時間に」

「例の件だけど、やっぱりお前しかいないなと思ってな」

「俺しかってお前、ちゃんとみんなに当たったのかよ」

「当たったよ、当たった上で頼んでんじゃないか」

「分かったよ、引き受けるよ、しょうがねえなあ」

「悪い悪い、じゃあな」と、男の会話はこれで終わりです。

目的があるから電話をかけ、目的を果たせば終わりなのです。

男は仲間と誘い合ってお茶を楽しむ生き物ではありません。仕事を失ってなおエネルギッシュに生きるためにはどうしても目的を必要とします。ゴルフ、盆栽、釣り、カメラ、俳句、カラオケ、ウオーキング…条件が整わなければ、屋敷にゴミを集めるという目的を設定してでも己をかき立てなくてはならないのです。サロンを用意して、さあ集えと言われても、男はおいそれと集うものではありません。集ったところで連帯はなかなか生まれません。老人施設に入所した女たちが群れて楽しそうなのに対して、男たちが石のように孤立しているのも、衣食足るだけでは男たちは楽しめないのです。

テレビで新しいデイサービスの試みが紹介されていました。入り口に備え付けられた浅い木枠の箱に、裏面にマグネットのついた小さなプレートがたくさん入っています。プレートには「食事」「麻雀」「入浴」「囲碁」「お茶」「読書」「運動」「パソコン」などなど、実行可能な活動名が書いてあって、利用者はまず巨大なホワイトボードのタイムテーブルに、この時間は「麻雀」をしよう、この時間は「読書」をして過ごそうと、自分のスケジュールを貼り付けることから一日がスタートします。施設内だけで通用するマネーもあって、賭け麻雀もOKですが、麻雀の会場は二階にあって、利用者は不自由な体をおして、手すりにすがりながら階段を上らなければなりません。それが思いがけないリハビリ効果を上げているというレポートでした。

「なぜかこの方式は男性の参加者が多いのです」

というレポーターの感慨は、言外に男の特性を言い当てています。

男は目的指向型の生き物なのです。高齢社会を要介護社会にしないために、行政は高齢者の元気を保つ施策に躍起になっていますが、引きこもりを防止する催しに男性の参加が思わしくありません。生来の性差を変えることは大変困難ですが、生来の特性に着目した催しを企画すれば案外効を奏するかもしれません。

（2010年5月）

男の日傘

生まれて初めて日傘を買いました。男性用です。探すのに苦労しました。需要が少ないのですね。確かに町で日傘を差して歩いている男性の姿は見かけません。しかし今年の日差しは異常です。熱中症でたくさんの人が命を落としています。紫外線の危険も叫ばれています。この殺人的な日光を直接からだに浴びながら歩くのは、分別のあるオトナのすることではありません…が、男は日傘を差すことはないのです。なぜでしょう。

人が集団として不合理な行動を取るときは、きっと背後に、社会が集団に強いる古びた価値観が潜んでいるものです。男は日焼けなど気にするものではない。言い換えれば、肌をいたわるなど男のすることではない。もっと言えば、男は外見ではなく仕事や心意気や生きざまで評価されるべきである。従って外形的に美しくありたいと願う気持ちをあからさまにすることは、男らしくないことだという暗黙の規範が、男が日傘を差すのを阻んでいるのです。

新調した学生帽も運動靴も、わざわざ汚してから身につけるほど外見には無頓着を装っていた男たちの美意識も、時代と共に大きな変化を遂げました。最近ではダイエットに励み、茶色に染めた髪をカラフルなピンで止め、眉を細く整え、電車の中で手鏡を見つめて前髪を直す若者まで登場したにもかかわらず、男は日傘だけは差しません。日傘には、それほどまで強烈に男女を分かつ社会的規範が関与していたのでしょうか。

答えはすぐに見つかりました。

購入した日傘を差して駅に向かった私は、頭上に日陰がついて来る快適さに小さな感動を覚えました。女たちはこんな便利な道具を用いて夏の日差しから身を守っていたのです。しかし一方で、スカートを履いて町を歩いているような気恥ずかしさと闘わなくてはなりませんでした。すれ違った背後で女子高生たちの笑い声が聞こえる訳でもなく、追い抜いて行くサラリーマンたちが奇異な目で振り返るわけでもありませんが、日傘を差している自分が何とも消え入りそうに照れくさいのです。私は私自身の心を支配している不合理な美意識と闘っているのでした。男が日傘を差している姿は美しくない…日傘を差すような男の生き方は美しくない…。ふいに坂本竜馬を思い出しました。竜馬は和服にブーツを履いていました。続いて高杉晋作を思い出しました。ちょんまげの時代に晋作の髪型は散切りでした。二人とも秩序を変革する側の人間だったとはいえ、秩序至上主義のあの時代に二人が直面した心理的抵抗は、日傘の比ではなかったに違いありません。

「竜馬さん、ブーツを履いて外を歩くのは恥ずかしくなかったですか？」

「おお、これか。わしゃあ幕府を倒すために、あちこち歩くきの、わらじと違うてブーツは丈夫で便利なんじゃ」

「高杉さん、髷《まげ》を切るときはさぞ勇気が要ったでしょうね？」

「これは牢に入ったときに剃った坊主頭が伸びただけじゃ。騎兵隊の結成に忙しゅうての、髪型のことなんぞに構ってはおられんわい」

遠くを見ている男たちは魅力的ですね。

「小さい小さい、哲雄さん、おまんは人間が小さいぜよ。日傘ごときでうじうじしとらんと、まっと大きいことを考えや」

心の中には竜馬の声が聞こえるのですが、前方から人が来ると、つい傘を低くして顔を隠してしまうのです。

（2010年8月）

鎧武者の素顔

つい最近、目が覚めるようなうれしい出来事がありました。

職場にHさんという同僚がいます。背の高い男性です。既婚者で、それはもう大変な子煩悩です。慢性の鼻炎に苦しんでいて、時に鼻から脳髄が流れ出るのではないかとはらはらするほど激しく鼻をかみます。性格は極めて穏やかで、学生にタメ口で話しかけられても丁寧な言葉遣いを崩しません。職場の飲み会には適度につき合って、マイクが回って来れば、若者の歌を上手に歌います。冗談には笑ってコメントを返しますが、負けじと冗談で応酬することはありません。貧困問題に強い関心を持っていて、ホームレスの生活保護の申請を支援するボランティア活動に地道に参加しています。季節になると職場にスイカとメロンを大量に運び込んで職員全員にごちそうしてくれます。他人の陰口を言うのを聞いたことがありませんし、本人の悪いうわさも聞きません。

これがHさんについて私の知っていることのすべてです。何を悲しみ、どんなことに怒り、心にどんな屈折を抱えているのかといったことは分かりません。要するに対人距離が遠いのです。それが彼の印象を節度ある紳士にしていると同時に、いま一つ、人間としての体臭に欠ける寂しさにつながっているように思っていました。ところが、お盆休みが明けて、久しぶりに出勤したHさんは、鼻の下と顎に黒いものを蓄えていたのです。

「どうしたんですか、そのひげ」

と尋ねると、

「ちょっと事情がありまして、しばらくの間だけ」

「しばらくってことは、願かけですか?」

「いえ、実は…」

甲冑を着て武将になるのだと言うのです。

聞けば、友人の趣味に引きずり込まれ、今では自分自身がすっかり夢中になって、二十万ほどかけて特注の甲冑をこしらえた彼は、

「名古屋の〝ど祭り〟に出場するまでは髭を剃れないのです」

と、子どものように笑いました。

まさか重い甲冑を身につけてよさこいソーランを踊るのかと思いきや、警護のように踊りの周囲に立つのだと知って、ようやく状況が理解できましたが、私の中でHさんという

紳士が、にわかに人間として臭い立った瞬間でした。

腰の刀を含めれば結構な金額を武者備えにかけて、頼まれてはあちらの城こちらのイベントでぶらぶらする趣味が存在することにも驚きましたが、彼がそんなひそかな楽しみを持っていることにはもっと驚きました。細君の理解があって成立する趣味だと思うと、夫婦の関係まで好ましく感じられます。母親に手を引かれて父親の武者姿を眺める子どもたちの心には、どんな父親像が刻まれるのでしょう。

「ほら、お父さんよ」

と指を差された凛々《りり》しい鎧武者は、子どもたちに向かってにっこりと手を振って見せるのでしょうか。

本人が書いた高邁な文章をいくつ読んでも立ち現れない彼自身の素顔は、こういう形であらわになるのですね。

酔えば頭にネクタイを巻き、前後不覚に陥った翌朝は、しきりにそのことを反省する人、一人ローカル線に乗って、誰も行かない「亀嵩」などという松本清張の小説の舞台を訪ねる人、一本七万円の万年筆を愛用する一方で、福祉施設のバザーで手に入れた百円の服を着て自慢げな人…。不合理で一見愚かしいような行為に夢中になる部分が垣間見えてこそ、その人の人間としての質感が伝わるのです。

Hさんが愛すべき人物のリストに加わりました。そして甲冑姿の長身の武者が、懐からティッシュを取り出して激しく鼻をかむシーンを思い浮かべては、妙にほほえましい気分になるのです。

（2010年8月）

朝の吉野家

遠方の市で講演を頼まれました。

車で出かける時は、渋滞や事故など不測の事態に備えて、時間にゆとりを持って出発しますが、その日の道路はうそのようにスムーズで、予定より一時間以上も早く目的地に着いてしまいました。こうなると知らない土地は身を置く場所がありません。どこか喫茶店でもと思いましたが、朝食がまだだったので、カーナビで吉野家を探し、B定食を食べながら時間をつぶしました。朝から牛丼というのは初めての経験でしたが、早い時間帯に食事のできる店となると限られてしまいます。席が空いているのを幸いに、ゆっくりと本を読みながら数人の客の入れ替わりを見送って、そろそろという時間を見計らってレジに立ち、ポケットに手を入れたとたんに、さぁっと血の気が引きました。

財布がありません。

小銭入れも名刺入れもありません。

おまけに時間もありません。

「あの、すみません、財布を忘れて来たみたいで…」

「…」

若い女性店員は無言で立ち尽くしています。

店内の客がちらりと視線を向けました。

「あの…私、あ、何か書くものありませんか…すみません…こういう者ですが、今、急いでいるものですから」

住所と氏名と家の電話番号と携帯の電話番号を、それが虚偽ではないことを証明するみたいにことさらよどみなく書いて、

「午前中の仕事が終わったら、帰りに必ず寄ってお支払いしますので、とりあえず、済みません」

とりあえず済みませんと言われても店員は困ったでしょうが、ここで無銭飲食として警察に通報されては私が困ります。何か質に置いて行きたくとも適当なものがありません。それに何よりも時間がないのです。

厨房から年配の店員が走り寄って、

「携帯、ちゃんとかかるかどうか確かめるんだよ」

若い店員に小声で言いました。

私はあからさまに疑われているのでした。

幸い講演会場に持参した著書が完売したために、恥を忍んで主催者から拝借しなくても、約束通り「一、金五百円也」を支払って一件落着しましたが、解決する前の段階では、事態を誰かに知っていてもらわないと不安だったのでしょうね。講演前のわずかな時間を利用して、講師控え室から複数の親しい友人の携帯電話にメールで状況を伝えました。

以下は次々と返って来た彼らからの返信です。

『ありゃ、そこまで来ましたか！　明日はわが身と気をつけます』

『三百円送金してます。伝書鳩で。空を見ていてください』

『現金書留で吉牛に送りましょうか？』

『認知症のグループホームを予約してくだせえ』

『皿洗いしてください』

『朝から、楽しんでますね』

こうして並べてみると、短い文面にそれぞれの個性が出ていて面白いですね。読めば何の役にも立たない内容ばかりですし、助けを期待していた訳でもありませんが、気分が晴れたのは事実です。

『ずっと空を見上げていますが、伝書鳩が来ませんよ』

さらに送信した私のメールに対しては、さすがに心配したのか、帰りの電車賃を心配する文面が返って来ました。

朝の吉野家…。

今となっては牛丼の味よりも、無銭飲食の経験よりも、こういう仲間たちの存在が得たい思い出になっているのです。

（２０１０年10月）

アイスクリーム

無性にアイスクリームが食べたくなる時ってありませんか？　疲れていたのでしょう、私はその日、勤務中にもかかわらず、モナカの皮に包まれたチョコレート入りのバニラアイスをどうしても食べたいと思いました。

こういう場合、職場というものは一人では食べにくいものですね。目算すると、出張している職員が多いのか、事務室には私を含めて九人しかいません。私は近くのコンビニで色々な種類のアイスクリームを人数分買って職場に戻りました。

まず自分の分を机に確保しておいて、

「さあ、どれでも好きなのをどうぞ」

袋を持って職員を回ると、

「あら、いいんですか？」

「これは、ありがとうございます」

「こう蒸し暑いと冷たいものが欲しくなりますよね」

みんな口々に礼を言って、好みのアイスクリームを選びました。

事務室になごやかな空気が流れました。

ところが、さあ食べようという時、一人の女性職員が帰って来たのです。

その瞬間、なごやかな空気が微妙な戸惑いに変わりました。

「ふう、暑い暑い、外は真夏…で…す…よ」

戸惑いは、彼女の言葉の語尾を濁し、私にとっさの気遣いを迫りました。

「あ、よかった、これ、最後の一個なんですよ」

私はことさら明るい声で自分のアイスクリームを差し出しました。

「いえ私は…」

彼女は一旦は遠慮をしましたが、この状況で好意を拒否する理由はありません。

「え？　いいんですか？　すみません」

軽く会釈しながら受け取ると、

「それじゃ、私、後でいただきますね」

私があんなに食べたかったアイスクリームは、他人のものになって冷凍庫に納まりました。

もう一度コンビニに行く気力はすっかりなえていました。

誰も悪くなくても、人の世にはたびたびこういうことが起きます。けがをしたお年寄りを病院に運んでいたために、大切な会議に遅刻したり、頼まれてついでに買ってやった宝くじの方が当選していたり、痴漢ともみ合っていたら、人相が悪いというだけで、通りかかった人に取り押さえられたり…。

それを笑い飛ばして生きてゆくのです。

おいしそうにアイスクリームを食べる職員たちをしりめに、私は気を取り直してパソコンに向かったのでした。

（2011年6月）

地震速報

家のテレビでのんびり映画を観ていると、友人からメールが届きました。

『昨日からまた父と北海道に来ています。ラベンダーは少し早くてまだ花畑は緑です。あまり気乗りのしなかった旅行でしたが、天気に恵まれて楽しんでいます。富良野を後にして、今晩は道北にある、おんねゆ温泉で湯治をします。明日アングルの良い写メが撮れたら送りますね』

親が人生の終盤を迎えているのは私も同じですが、忙しくしていて、顔を見に故郷に帰るのもままならない私と違って、友人はせっせと父娘で旅行をしています。

何よりの親孝行ですね…とメールを返信しようとした時、テレビ画面に地震速報が流れました。震源地は北海道の十勝沖です。

メールの文面が一変しました。

『地震、大丈夫でしたか？　たった今、十勝沖を震源とする地震速報が流れましたよ』

『全然気付きませんでした。大丈夫ですよ。ご心配していただいてありがとうございます』

ほっとする一方で、人間の運命というものについて考えました。

親孝行のつもりで息子が送った旅行クーポンで温泉に出かけた母親が、露天風呂で転倒して死亡した事故がありました。

車で出勤する夫を、交通事故に気をつけてねと送り出した家に居眠りのダンプカーが突っ込んで妻が死亡したニュースがありました。

信心深いおばあさんが上げたお灯明が倒れて、焼け跡から本人の遺体が発見された火事がありました。わが身の過ぎ越し方を振り返ってみても一寸先は闇の世の中で、とにかく友人は無事に北海道を旅行し、私はこうして平和にテレビを観ています。それだけで十分感謝に値する奇跡であると感じられる年齢になりました。

映画を見終えた私は、リモコンの停止ボタンを押しました。

その瞬間に頭の中に閃光が走りました。

見ていたのは先週録画した映画です…ということは、流れた地震速報も先週のものではありませんか。

黙っている訳にもいかず、謝罪を兼ねて私が送った真相を伝えるメールは、友人の北海道旅行の愉快な思い出になったに違いありません。

（2011年7月）

先生のスピーチ

本来なら四年に一度、オリンピックの年に開催されるはずの中学の同窓会が、今年は還暦を記念して二年早く開催されました。大雪で参加者が半減した前回と違って、会場を見下ろす小さな城の背後には、新年二日の抜けるような青空が広がっていました。クラス別にしつらえられたテーブルに懐かしい顔が揃い、まずはK先生がマイクを握りました。

「…という訳で、かつて中学生だった君たちを教えた私も、よわい八十を過ぎて、現在はわずかな畑で野菜を丹精しています」

教え子との再会を収穫の喜びに重ねて、三分ぴったりにまとめた洒脱なスピーチは満場の拍手を浴びました。

続いてマイクを受け取ったのは、数年前に病んだ脳の病気の後遺症で、口元に少しまひの残るN先生でした。

「…人生は明日のことが分かりません。このような体になってみると、それがよく分かります。大切な家族も、高邁な理想も、仲間との再会も、うまい酒も、健康あってこそなのだということが分かるのです。還暦という節目を迎えた皆さん。どうかこれからの人生を健康に留意して過ごして下さい」

というくだりで聴衆は拍手をしようと身構えましたが、話はさらに続きます。

「病魔というものは突然襲って来るのではありません。たいていは血圧の異常や肥満といった予兆があります。還暦を迎えた皆さんにとって、不節制や無頓着は、もはや美徳ではありません」

健康に留意しろという結論に達してはまたしても振り出しに戻って終わる気配のないスピーチに、

「おい、終わらないぞ」

「幹事、止めなくていいのか？」

「あれもきっと後遺症なのよ、お気の毒だわ」

会場のあちこちで戸惑いのささやきが漏れました。開会から三十分ほどが経過しました。市会議員を務める同級生の発声で乾杯が済むと座は大いに乱れ、名残りの尽きない六十歳の中学生たちはスナックを流れるたびに人数を減らしながら、午後十時近くに散会しました。

布団に入った私の耳には、スナックで盛んに歌った昭和三十年代の歌謡曲がいつまでも聞こえていましたが、やがて興奮が冷めると、年老いた二人の恩師のスピーチだけが耳について離れませんでした。

名古屋に戻った私の初仕事は、暮れに日程の取れなかった人間ドックの受診でした。十二月十九日生まれの私の年末は、忘年会を兼ねて卒業生たちが企画した還暦祝が続き、さらに年明けの同窓会で散々飲み食いした直後の人間ドックですから、数値が悪いのは予想していましたが、

「あなた、脂肪肝ですよ。悪玉コレステロールも多い。血圧は異常値です。結果は改めてお届けしますが、結果を待たず、今日から、食生活の改善と運動に取り組んで下さい」

厳しい顔で医師からそう言われた時、私は退路を絶たれたように感じました。還暦で迎えた新年が不健康の指摘から始まったのにはきっと重大な意味があるのでしょう。

その晩、家中のアルコール類を流しに捨てて、私は自分自身に禁酒を誓いました。食事は野菜、海藻を増やして全体のカロリーを半分以下にし、遅い時間帯は食べないようにした上に、中断していた片道一時間余りの歩行通勤を再会しましたが、今年は低温注意報が発令されるほど寒いのです。

朝起きてカーテンを開けると、ガラス越しに刺すような外の冷気が伝わってきます。車で行こうか…という弱気の周囲に、こう寒くては返って体に悪いからとか、家でステップ運動をすればいいだろうという防御壁がみるみるできあがります。ところが、そのたびに背中をぐいっと押してくれる声があるのです。

「大切な家族も、高邁な理想も、仲間との再会も、うまい酒も、健康あってこそなのだということが分かるのです」

「病魔というものは突然襲って来るのではありません。たいていは血圧の異常や肥満といった予兆があります。還暦を迎えた皆さんにとって、不節制や無頓着は、もはや美徳ではありません」

それは気の利いたK先生のスピーチではなく、たどたどしいN先生のメッセージでした。私はこれからもくじけそうになるたびに先生のスピーチに背中を押されながら老いの坂道を上って行くことになるでしょう。そしてあの時先生のスピーチにざわめいた同級生たちも、健康不安に襲われた者から順に、くり返しくり返し訴えた先生の言葉の重さをしみじみと受け止めるに違いありません。

（2011年1月）

本書は書き下ろしです。

著者略歴

渡辺哲雄（わたなべ・てつお）

1950（昭和25）年、岐阜県郡上市に生まれる。73年、関西大学社会学部を卒業後、福祉関係の仕事に従事。90年～2002年、岐阜県ソーシャルワーカー協会長。01年、日本福祉大学中央福祉専門学校専任教員。著書は『老いの風景』『続 老いの風景』『続々 老いの風景』『さよなら 老いの風景』『忙中漢話』（中日新聞社）『病巣』（日総研出版）など。

男の日傘

平成24年2月2日　初版第1刷発行

著　者　渡辺　哲雄

発行者　山口　宏昭

発行所　中日新聞社

〒460-8511名古屋市中区三の丸一丁目6番1号

電話　052（201）8811（大代表）

052（221）1714（出版部直通）

振替　00890-0-10

印刷所　サンメッセ株式会社

ISBN978-4-8062-0635-4 C0095